AF597688

Mal de río

LUISA REYES RETANA

Mal de río

RANDOM HOUSE

Papel certificado por el Forest Stewardship Council®

Mal de río

Primera edición: noviembre, 2025

penguinlibros.com

Fotos de interiores: iStock By Getty Images y Emilio Chapela Pérez

ISBN: 978-607-386-754-2

Impreso en México – *Printed in Mexico*

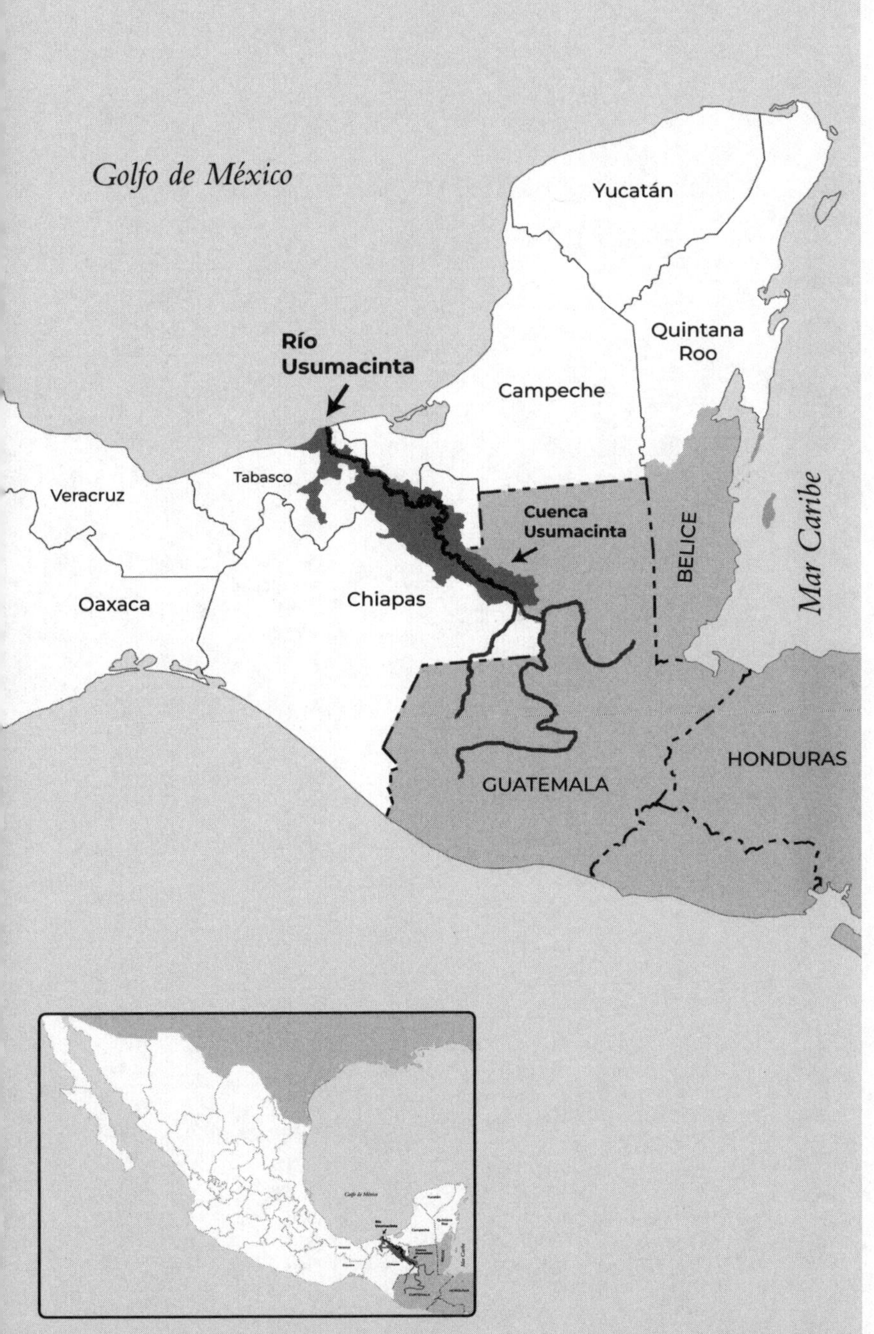

* Esta es una imagen ilustrativa, no exhaustiva o completa, de la región. Para tener una referencia exacta, tanto de la ruta principal del río Usumacinta como de sus tributarios, es recomendable consultar mapas especializados en la materia.

A mi madre, Susana Esponda

A mi hermana, Lorenza Reyes Retana

A las familias defensoras de la tierra

RECONOCER al río Atrato, su cuenca y afluentes
como una entidad sujeta de derechos.
Sentencia T-622/16, Sala Sexta de Revisión
de la Corte Constitucional, Colombia. 10.11.16

And she can hear, louder than the quaking leaves,
which side will lose by winning.
RICHARD POWERS, *The Overstory*

... the end of the world is always a local event.
PAUL LYNCH, *Prophet Song*

Like my father before me, I will work the land.
Like my brother above me, who took a rebel stand.
ROBBIE ROBERTSON, *The Night They Drove Old Dixie Down*

El ave canta aunque la rama cruja,
como que sabe lo que son sus alas.
SALVADOR DÍAZ MIRÓN, "A GLORIA", *Lascas*

Cualquier parecido con la realidad…

Se me había ido la garra. Puro andar en silencio y esperar a que se ponga el sol. Diez minutos a pie y ya tenía la camiseta pegada al cuero. Y la mente no daba para la lucha. El cuerpo menos. La lucha por el territorio había matado a mi papá y consumido a mis hermanos. Al lado del río quedábamos nomás yo y mi hermana Meche, y ella tenía a sus niños y a mi compadre, que era trabajador y buena persona. Mejor que yo.

A mi papá le dieron bala, y mis hermanos se habían ido a Tuxtla a trabajar a una construcción. Dijeron que ya estuvo bueno. Que la lucha no era vida, y yo nomás pensaba qué vida. A mí ya no me queda de eso. A mí nomás me queda la obsesión vacía. La necedad. La pena. Habíamos peleado porque no se cargaran a ese río con las presas ni con nada, que lo dejaran vivir, pero esa ave había dejado el nido cuando los de la hidroeléctrica ganaron el juicio de amparo. El río pronto estaría estancado en varios tramos, muriendo de a poco. Por eso andaba triste. Nomás recordando y maldiciendo y pensando en cómo la lucha había sido por nada, y mis hermanos y yo teníamos menos que cuando éramos jóvenes, que de por sí no teníamos nada.

La Mari había querido tener hijos, pero nos habían dicho en la clínica que tenía quistes y así nunca se iba a embarazar. Ella quería atenderse, y yo le posponía diciendo que primero el río, primero la selva, la tierra, la gente, el juicio, que había que luchar contra las presas, que íbamos a ganar, hasta que se cansó de esperar, hizo un negocio de chunches, juntó dinero, y en lugar de operarse para sacarse los quistes, se inscribió a un curso de agroindustria. Cuando llegaron las máquinas y me di cuenta, bien a bien, de que las presas ya eran una realidad, le dije que ya nada me importaba, y que si quería tener un hijo, podíamos romper el cochinito y llevarla a la clínica. Me dijo que ya no. Que estaba vieja y ocupada. No protesté porque tampoco estaba con ganas de hacer una familia. Lo que quería era irme y nunca volver. Que alguien más viera cómo se cargaban lo que quedaba de selva. Que lo viera el compadre, la Meche, los compañeros, pero no yo. A mí que me tragara la tierra.

Lo peor de todo fue que no creí que pasara. En el mero fondo, no lo creí. Creí que el río Usumacinta era inmune. Que era más fuerte que ellos. Que cuando lo vieran enojado, se echarían para tras. No me dio la cabeza para imaginar.

Pues ahí estaban las grúas, y desde el camino se escuchaba el ronroneo de las máquinas y a los trabajadores picando el monte.

Veía salteadores de caminos a los putazos con el río. "Río, te vamos a llevar prisionero", decían unos vaqueros con pistolas.

"No me voy". Usuma era un chorrito de agua que peleaba como karateka.

"Te vas y con grilletes, cabrón".

"Llámame Usuma", y les partía su madre. Pero Usuma sabía que no iba a sobrevivir. Eran muchos. Por eso caminaba silencioso conmigo. Yo no era un niño ni él un chorrito de agua karateka y sabíamos los dos que él se iba a morir.

No me gustaba hablar de esas cosas porque era muy macho y luego me decían que si era brujo. Que ya era hora de crecer. Usuma no hablaba porque no hablaba. Solo arreciaba, así que caminamos juntos en dirección a su sepulcro hasta que llegué a casa de la Meche.

Nomás me vio, mi compadre empezó con que si los del aserradero le habían robado, que nomás no aprendía, que si los de la cooperativa habían ido a la oficina de la Emisora de Energía a hacer una protesta con pancartas y todo. Que por qué nadie nos avisó, que el biólogo le había dicho que no fuéramos a Yaxchilán ni a saludar, que quién sabe qué se traían en Frontera Corozal. Que era un nido de ratas. Que el río traía bronca con los albañiles y no les dejaba hacer perforaciones con sus máquinas ahí en el mero borde. Les deslavaba el terreno y de nuevo se tenía que intentar más adelante, y dejaban su cochinero ahí tirado.

Iba yo a pedirle café a la Meche para aguantar los lamentos del compadre, cuando llegó un muchachito de unos diez años a buscarme.

"Señor Príamo", dijo casi sin aire, "andan preguntando por usted en Tenosique". "Ya me cargó la parca", pensé. "¿Quién pregunta?"

"Una señora que dice que quiere hablar sobre las presas". El niño se agarró, con una mano, del alambre que tenía el compadre a manera de valla, junto al camino, y se agachó a recuperar el aliento.

"¿Es del periódico?".

"No dijo, solo que era urgente y que seguro le interesaba. Que dice que es de Ciudad de México".

"Y qué va a saber una señora de Ciudad de México lo que a mí me interesa".

"Yo le traigo el mensaje. Dice que es abogada. Que lo ve en el Café Palms de Tenosique a las siete".

"Y esa señora cree que trabajo para ella, ¿o qué? ¿Cuánto dinero te dio por pasarme el mensaje?".

"Le dio quinientos a mi primo. Mi primo me va a dar cien. ¿Qué le digo?".

"Órale, pues. Ahí la veo".

El niño salió pitando y mi compadre se me quedó viendo con los brazos cruzados: "¿Desde cuándo tan mansito que haces lo que te mandan decir con un niño?".

"Pos yo qué sé, compadre, que la señora sirva para algo. De perdida que me invite unos tacos en el Palms".

La Meche, con su pelo negro amarrado bien fuerte en la nuca, se apareció entre las sábanas colgadas del tendedero y espantó a las gallinas que estaban hambrientas y la seguían a todas partes. Había llovido en la noche y estaba todo mojado. Nos sirvió café y dijo con la sonrisa en la boca: "Le voy a decir a la Mari que te andas viendo con una señora en el Palms".

"Dile lo que quieras. A la Mari ni le importa. Anda ocupada y nomás me calla cuando le quiero decir algo. Dice que ya le dije mucho".

"Usté no sea metiche", le dijo el compadre, y la Meche soltó una carcajada y se regresó a su fogón. Mi compadre y yo nos quedamos en silencio un momento mirando el jardín. Mercedes lo mantenía entre salvaje y acicalado, entre sucio y limpio, entre bonito y feo. Si volteabas para un rincón, veías un chiquero, una barda construida a medias, palas, cubetas, mugre de gallinas y basura. Si mirabas al otro, de un clarito de árboles colgaban heliconias, bromelias y floripondio, y el verde del follaje y de la hierba era tan intenso que casi lastimaba la retina. Me hacía pensar en cómo nuestros antepasados identificaban un lugar. Ahí, en ese claro de árboles, yo habría asentado a mi tribu, pero nada de esto existiría dentro de poco. Las vivencias con Meche y mi compadre ya eran puro pasado, pura nostalgia. Nos esperaba la pobreza y la indignidad. Con las presas, iban a inundar ahí mero, y la casita de la Meche quedaría sumergida en un embalse.

"Por qué tan pensativo, compadre".

No contesté y nomás me quedé mirando el sombrero del compadre, que casi no le tapaba los ojos. Era uno de esos de palma, baleado por el tiempo. Lo que más tenía era hoyos por los que pasaba el sol, incluso el de esa hora, que era un sol amable que no cegaba, pero igual iba a dar derechito al ojo del compadre.

"Ya me voy, compadre", me dijo mientras se acomodaba el ala.

"Mañana vienes temprano y me cuentas. Si te rapta la señora, ya veré si te voy a buscar al motel de la gasolinera". Estaba dándole un trago a su café, disfrutando de su propia picardía, cuando sonó el claxon de la *pickup*. Me dio su taza y corrió a la vereda. Lo vi subirse de un sentón a la puerta abierta de la caja y acomodarse entre la gente. La camioneta arrancó y salpicó a las pobres gallinas en el camino.

Me quedé un rato en el jardín mirando las flores que colgaban del árbol y, por puro ocuparme, caminé hacia la casa de la vecina a echar un vistazo. Era una construcción parecida, construida con el apoyo de la comunidad. Ahí había vivido mi tío José, hermano de mi papá, y su viuda le había vendido la tierra a la vecina. Poco después murió ella también de puro ser pobre.

La casa de la Meche había sido la nuestra cuando crecimos. Ahí vivimos nuestra niñez, felices e infelices, dependiendo de quiénes y de cuándo. Más que una casa, era un portal con hamacas. En la única recámara, separada apenas por un medio muro, había una cama donde pernoctaban Meche y el compadre. En las mañanas, la estancia estaba recién trapeada, fresca y fragante, eso sí, llena de chunches en los rincones que nadie se atrevía a tirar. Un colchón viejo en el que los perros se acurrucaban, un triciclo con una sola llanta, huaraches viejos, un comal doblado y oxidado, manteles de plástico, ropa. Tiliches, pues, que no se podía saber bien a bien qué eran. Todo amontonado en una pila que estorbaba el paso, pero no hay mal al que uno no se acostumbre.

Saliendo de la estancia, bajo un techo de lámina, Meche tenía su fogón y una estufa con bombilla de gas que nunca se usaba. Era la más chica de los cuatro y se había quedado con la casa porque estuvo con mi papá hasta el final. La casa no había cambiado desde que fuimos niños, salvo porque ahora tenía un baño.

Me senté en el jardín. "Puro floripondio, Mercedes, este está bueno para matarme". Lo dije por llorón, pero la Meche no me escuchó o me ignoró. Estaba cansada de mis lloriqueos, igual que la Mari, y mejor siguió abanicando con un periódico su anafre para calentar tortillas. Me había encargado maíz para sus gallinas y a cambio me hacía huevos con frijoles y epazote. Nos los comimos en el fondo del jardín, en una mesa que se había traído mi compadre del aserradero, porque tenía una pata corta y la iban a tirar. La mesa había quedado bien. Las tres patas largas entraron bonito en la tierra y quedó fija debajo de una lona de propaganda que le regalaron a Meche con la cara del Epigmenio Jiménez, en tiempos electorales, tensa con cuerdas a las ramas de árboles, así que la mirada horrible del Epigmenio nos vigilaba desde las alturas. Para mí, ni falta hacía la lona porque el follaje del chimón daba buena sombra, pero a ella la lona le daba la sensación de tener un techo para recibirme.

En esos mismos ocho metros cuadrados hicimos cantidad de cosas: plantamos hierbas con mi mamá, trabajamos en el gallinero y hasta espiamos a mi papá dormido y borracho, agarrado al tronco del chimón con el puro cuerpo.

Ese Epigmenio fue el que le vendió al gobierno el alma para que se animaran de nuevo con las presas en el río Usumacinta. Se sabía que negociaba igual con narcos que con la unesco. El río había librado ya cuatro veces a esos bichos mañosos que eran las presas de La Esperanza, que no se acababan de morir gracias a gente como Epigmenio y a los dueños del dinero que no soltaban los proyectos. Los intentos anteriores de instalar las presas se habían frustrado por distintas razones, pero las razones eran suyas, del gobierno y del dinero; es decir, que nuestra lucha había tenido suerte, y para ellos no había sido prioritario construir. Algo así. Eso pensábamos acá. Pero la suerte se nos acabó, y ya nada las detenía. A esa demoledora sin freno que se cargaba todo, el Epigmenio le llamaba "voluntad política".

En los actos públicos, el señor me saludaba como si apreciara mi trabajo como defensor del territorio; y en lo oscurito, me amenazaba, me silenciaba, me había echado de mi propio pueblo, siempre a través de sus muchachos. Luego, en los discursos, decía: "Vamos a defender la tierra con todo lo que tenemos", y levantaba un puño junto a la cara, y yo nomás pensaba a este culero que lo perdone dios.

La Meche y yo comimos en silencio. Desde hacía semanas no me daban ganas de hablar. La Meche nomás me miraba y hacía ruidos con la boca y negaba con la cabeza, pero ni sus teatros me sacaban la palabra. Había pensado en matarme, nada bueno nos podía pasar, pero nomás de ver a la Meche trabajar para hacerme sentir mejor, me arrepentía. Ni matarme podía, por collón. Solo me quedaba andar por los caminos hasta el día en que cayera muerto de cansancio o de pena.

Le ayudé a llevar las cosas a la tarja del lavadero y le espanté un sapo feo que estaba ahí nomás pasando el rato en su balde de agua. Cuando iba de salida, me preguntó si de veras pensaba ir a ver a esa señora. Si era una trampa, entonces qué pasaba.

"Qué me puede pasar que no me haya pasado ya, Mercedes".

"Ta' bueno", contestó con la cara larga. No le gustaba mi pesimismo. Decía que no era mío.

Caminé sin rumbo, o bueno, en el rumbo del camino, pero sin ambición de llegar a algún lugar, y de pronto, como sombra, como ángel, o como la Guadalupana a Juan Diego, se me apareció el Adonis. Vi, en un instante, su cara negra entre dos árboles y claro que no era él, pero, así como la gente en las ciudades ve locomotoras en las nubes, yo veo a Cristo Rey en los charcos, veo las lanzas de los guardianes de Yaxchilán en las raíces de las ceibas, y ese día el Adonis se me apareció en el espacio oscuro entre dos árboles en mi camino.

Siempre fue así conmigo. "Animista", me decía mi papá porque, según él, veía el espíritu de las cosas. Yo nomás veía lo que veía y solo me servía para pensar. Si veía la cara de mi primo Diógenes en los raudales, lo iba a buscar y resultaba que me necesitaba para algo. Si veía unas curvas sensuales de muchachas, me compraba una *TVyNovelas* y me pasaba la tarde viendo a las actrices. *Eugenia Maldonado se casa con el ex de su hija*.

El Malcom me había contado que habían llegado al muelle unos náufragos ahí en la comunidad de San José. Unas náufragas, más bien, porque el idiota del Adonis se había llevado en su lancha a dos señoras río arriba hasta los raudales en plena época de lluvias y el río se había comido su lancha. La había jalado por la popa, y la lancha se había parado vertical sobre el agua y desaparecido como en una película de monstruos.

Los rescataron después de que pasaron como dos días en la selva perdidos. Me dijo que el Adonis llegó espantado y que las turistas habían quedado medio tocadas de la cabeza. Por eso vi al Adonis en esa sombra oscura. Porque lo traía en la mente.

El miércoles aquel en el que Malcom me contó la calamidad, se ocupó a mitad del relato y no pudo terminar. Lo llamaron del aserradero y me dejó intrigado. Quedé en pasar a verlo esa tarde, pero, como todo lo demás, se me había olvidado. Ni de mis animales me acordaba y a veces me los encontraba pululando por el camino. Apenas vi al Adonis en el aire negro, se me ocurrió ir a buscarlo, pero a saber dónde vivía, así que caminé tres horas, mismas que ocupé en imaginarme todo el suceso, y llegué todo sudado a la tienda del Malcom en San José. Me tenté los bolsillos. Traía más maíz. Los frijoles de la Mari no me duraban en el cuerpo, y menos cuando andaba caminando con la obsesión de ver todo por última vez. Si la mujer del Malcom estaba de buenas, me lo podía cambiar por unas quesadillas y una coca cola.

Las grúas de las presas cargaban ballenas de miles de toneladas para desviar el río, porque querían entrar con sus máquinas a construir cortinas y vertedores. Usuma empezaba su peregrinaje fúnebre. Me imaginaba a mi chorrito de agua de pie, frente a su propio sepulcro. Un gran embalse de agua estancada y apestosa. "Ahí toy yo, al mero fondo". Pero su primera cárcel sería el ramal para desviarlo y construir la cortina. Así empezaría su condena, mal fluyendo por un lugar que nomás no era la cama de un río sino una excavación hasta que lo devolvieran al caudal ya con su freno de concreto armado, como las riendas de los caballos.

El puro ruido de las máquinas me traía recuerdos de mi niñez, cuando se escuchaban de noche los camiones que entraban a la selva a robarse la teca y la caoba. Nosotros veíamos desde el jardín de la casa unas luces potentes de construcción y escuchábamos el traqueteo, las llantas, los motores y las sierras eléctricas. Al día siguiente había puro puerquero en el camino. Mi papá se quedaba en silencio, mirando, negando con la cabeza, maldiciendo en voz baja, y mi mamá nomás se paraba al lado suyo y le daba palmadas en la espalda.

Hasta cadáveres se aparecían en la selva y rápido los echaban al río para no tener que pensar en quiénes eran y cómo los mataron. Otras veces escuchábamos las avionetas de los narcos rondar por la zona cuando iban a Yaxchilán a llevarse mercancía. Ahí sí no salíamos, porque se sabía de gente a la que habían matado por mirar nomás.

"Eres un inútil, Malcom. Los gemidos se escuchan hasta la vereda".

En la tienda, detrás del mostrador, el Malcom andaba viendo porno en el celular.

"¡Ora, Príamo, ya estaba echando raíces!", dijo mientras se guardaba el teléfono en el bolsillo de sus pantalones de mezclilla, bien untados a las piernas. Malcom era joven y brioso, a veces demasiado para mi gusto.

"Yo bien confiado en tu amor por el chisme hasta traje mota saliendo del aserradero y no llegaste, cabrón. Me dejaste plantado".

"Pues ya vine. ¿No le dices a tu mujer que nos dé de comer? Traigo maíz".

"Maíz y cien pesos, ¿o qué?".

"Veinte".

"Ora, a ver qué nos da".

Me contó que el naufragio casi mata al Adonis. Que el pobre parecía momia cuando llegó a San José. Que las mujeres estaban histéricas, sobre todo una, "la de la culpa", dijo; que según ella misma le había insistido al Adonis que las llevara a

Yaxchilán desde Boca del Cerro, y que él no había querido, pero la señora lo convenció.

Comimos tortilla frita y aguacate recargados en el mostrador de la tiendita. "Yo invito las cocas", dije para agradecer, y Malcom abrió dos de las pequeñitas, y siguió contando que el Adonis y las señoras se habían quedado varados ahí en la roca, en los raudales del lado de Tabasco y habían tenido que pasar la noche en la selva. De milagro el Servando los encontró. La de la culpa andaba con la cara roja y deforme porque le picó una araña, o algo que Adonis no supo qué era, y le inventó que el piquete no era mortal nomás para que la mujer no se pusiera más nerviosa. Dice que andaba histérica con que se iban a morir. Él también lo pensó, pero se quedó callado por miedo. Dice que le preguntaba y le preguntaba cosas que él no sabía.

Luego parece que le pagaron algo al Servando por el rescate.

"La que no ha visto un centavo es mi mujer y ella los dejó dormir aquí en el petate y les hizo enfrijoladas con queso. Yo les conseguí el taxi a Tenosique y nada me dieron".

"Pues igual no traían".

"Eso dijeron. Pero cómo le dieron al Servando".

"Pues habrá que preguntarle al Adonis".

"No he sabido nada de Adonis desde ese día".

"¿Dónde vive? Se me apareció su cara hace rato ahí en la orilla del camino entre dos árboles. Por eso vine".

"Sepa dios. Yo solo lo conozco por su lancha cuando pasa por aquí. No sé dónde viva".

Me sentí decepcionado no por la historia ni porque Malcom no pudiera decirme dónde radicaba el Adonis, sino porque no sentí nada. No me dieron ganas de preguntar más, ni de especular, ni de pendejear al Adonis por irresponsable, ni de chismear, pues. No me interesó lo suficiente como para insistirle al Malcom que se pusiera a echar mensajes para averiguar dónde vivía y qué culpa tenía el Malcom, tan entusiasmado que estaba que sonreía nomás para ver si eso me hacía sonreír. Me dijo, sin que preguntara, que le habían tratado de curar la cara a la mujer con las hojas del chimón, pero que no sabía si había funcionado porque en la mañana no las vio. "El taxi vino a las siete y yo a esa hora ya estoy en la camioneta".

No pregunté más por ellas ni por Adonis. Tampoco pregunté por la hija de Malcom ni por su moto. Le eché sal al aguacate, le di el último trago a la coca, dejé los veinte pesos de la comida y otros veinte para los refrescos. "Ahí luego nos hablamos. Ya no fumes de eso. El párroco te va a echar del templo".

"Ta' bueno", contestó con la mismita cara larga que la Meche. "Eres un aguafiestas".

"Nomás los tacos del Palms y matamos el día con cuarenta pesos", me dije a mí mismo en voz bajita y cogí el camino.

Pasó la camioneta por la vereda y me subí de un sentón. Diez pesos más. Así que cincuenta. Ya es un chingo. Iba a bordo casi puro adolescente. Tan jóvenes y ya en el campo o en el aserradero, igual que nosotros, pensé. Nada había cambiado, y si acaso, solo para peor, pensé. Estos acabarán de albañiles en la construcción de la presa o con los narcos o con la mara o con otros maloras y luego no tendrán dónde vivir. Resultó que estaba mal informado, la camioneta venía de la telesecundaria y la mitad de los muchachos a bordo de la *pickup* estudiaban ahí. Entablé conversación con uno que me contó que ese día habían tenido de visita a una nauyaca fea y mala que le había mordido la cara a una compañera. "La muchacha se puso de inmediato como globo de agua. Otras compañeras la llevaron a la clínica y ya no supimos qué pasó".

"Mala, pues sí, pero fea no creo. Son bien bonitas", dijo un señor que nomás se metió a platicar.

"¿Qué estaba haciendo la muchacha que le mordió la cara la serpiente?".

"Quién sabe cómo se metió al cajón del pupitre, y cuando la compañera lo abrió, le saltó a la cara y le mordió cerquita de la oreja".

"¿Y la mataron?".

El muchacho sacó su celular y me mostró una foto de dos estudiantes sonrientes, sosteniendo en sus manos el cuerpo de la víbora despanzurrada. Cuánta mordedura, pensé. Cuánto susto. Por algo será.

Cuando la camioneta llegó a Tenosique, yo me andaba durmiendo. No podía ni sostener la cabeza. No tenía ganas de los tacos. Ni qué decir de sentarme con una señora a que me iba a tratar de convencer de apoyar al Epigmenio para la candidatura al gobierno del Estado. "Lo que no sirve se muere", me había dicho una vez el Epigmenio en un mensaje con sus sicarios, y yo personificaba ese eslogan de campaña.

Cuántas veces habían matado a defensores de la tierra en las sierras. Antes tenía los nombres y los años y las circunstancias de sus muertes claras en la cabeza, pero se habían apilado tantos cuerpos que la mente no me daba. Me había quedado con don Leandro Zepeda, mi apá, caído en la defensa del río Usumacinta. Lo habían matado los narcos por defender las milpas de San Lorenzo; o eso fue lo último que hizo porque lo querían matar desde mucho antes, cuando se opuso a la reforma energética. En esa época, los rufianes lo tenían entre ceja y ceja. Don Leandro fue el primero en alzar la voz contra dar preferencia a las actividades de transmisión y distribución de energía eléctrica por causa del interés social y el órden público.

"¿Qué saben ellos del interés social?, ¿del orden público? Lo que quieren", decía Don Leandro, "es ocupar nuestras tierras, sacarnos, expropiar el territorio sin siquiera discriminar entre propiedad privada o social".

Como quiera, Don Leandro y la gente de acá perdieron esa vuelta y por eso no lo mataron sino hasta el conflicto de las milpas varios años más tarde, en donde sí se alzó más gente y el gobierno no pudo entrar.

Desde ese día pensé que no valía la pena morir por la tierra. Esa muerte era para los valientes, y yo ya no era nada. A mí me habían dejado vivir la última vez porque salí en el periódico: *Defensor de la tierra pierde juicio contra la empresa IBAK. Las presas en el Usumacinta van para delante.*

Me avergonzó tanto esa nota que me hice a un lado, me quedé solito. Dicho de otro modo, la defensa del río se partió en dos. Se rompió una taza y cada quien para su casa. La comunidad siguió sus asuntos sin mí porque ya no me confiaban. Yo, que ya no tenía cara para darla, me agarré para otro lado, pero tampoco sabía parar y busqué a un abogado que conocía que andaba en la labor de defender el territorio. A mis intentos legales, y a mis patadas de ahogado en solitario, el abogado las llamó: "Defensa del territorio desde un espacio no comunitario", es decir, yo solapa, solo, como dedo, único e indivisible, encuerado como vine al mundo.

Casi al final de la nota, el periodista citó una frase textual: "Príamo Zepeda lamenta que no seamos capaces de comprender la magnitud del ecocidio". Ni que fuera el *TVyNovelas*: "Suki Medieta lamenta que su padre no la reconozca". Así se leía. Como si lo mío fuera un lamento porque "qué bonito está el río" y no la denuncia de un acto criminal. Quizá los malos solo estaban esperando a que me matara yo solo y así se ahorraban la bala. "No me lo maten", han de haber dicho, "lo vamos a necesitar para echarle la culpa de ve tú a saber qué. Ya luego él solo se resuelve. Es bien pendejo".

Antes de ir al Palms, pasé a la estación del Tren Chol a ver si encontraba a la mamá del Adonis. Ella tenía un puesto en el tianguis afuera de la estación. Vendía chunches pal celular. Que si cubiertas y cables y adaptadores, pilas y bolsitas que estaban de moda. Quería decirle que había visto la cara del Adonis en la selva como una sombra furtiva y que le mandaba un fuerte abrazo. Que ojalá se pusiera bien para pasear turistas cuando terminaran las lluvias. Pero la señora no había puesto su tinglado. Los changarros estaban ahí con sus garnachas y su fayuca y en el de la señora, sus puros fierros. "Híjole", pensé. A ver si no cae en desgracia la familia. Al Adonis le habían dado su licencia para la lancha en febrero; que cumplió los dieciocho y trabajó duro para lograrlo. Los pesados de los veteranos del río le pusieron presión para quebrarlo y el muchacho aguantó. Además, no era mal lanchero. Lo había visto navegar y malo no era.

Me acerqué al puesto vecino de la mamá del Adonis, Abarrotes Sac Nicté, y le pregunté a la marchanta si conocía a la señora de los celulares, y dijo que sí, pero que no había ido esa semana. Le pregunté si sabía dónde vivía la señora, y la marchanta se ofendió. "Qué cree que yo le voy a andar diciendo dónde vive la gente. ¿Qué le piensa ir a quitar a esa pobre señora? Sáquese mejor, viejo chismoso".

Saco de smoking, chaleco cruzado y pantalones abombados. El traje de un *dandy*. La camisa blanca, abotonada hasta el cuello. Los rulos puestos, uno por uno, en un peinado que debía parecer natural. La boca roja. Los lentes de pasta del mismo azul del traje. Así quería verme al recibir la noticia de mi promoción.

"Marcia Corona, primera socia en Silva y Molina". Lo dije en voz baja frente al espejo largo, me ajusté el cuello, las solapas del saco, los puños.

"Eres lo que vendes, sea cual sea el producto". "Te tratan como te ven". "Sírvete de lo aparente como indicio de lo inaparente". Mi madre era comerciante y se tomaba en serio el valor simbólico de la apariencia. Me puse los zapatos de charol beige.

Como estudiante, lavaba a mano en el baño compartido y planchaba sobre la cubierta de la cama en el cuarto que rentaba en una casa de huéspedes en la Colonia Médicos, cerca de la Escuela. Huelga decir que, en ese entonces, no había señora que plancha, lavadora propia, coche, chofer o dinero para gastar. Lo importante era el mensaje y no fallé en darlo los cuatro años que duró la licenciatura. Te tratan como te ven.

Ante la duda, camisas blancas. Contra el desasosiego, camisas blancas. Exámenes orales, camisas blancas.

Con mis primeros sueldos dejé de lavar y planchar. En vez, supervisaba a una señora que lo hacía por mí. Le exigía como si lavar camisas fuera una cirugía de meñique. "Le echó demasiado jabón, señora. Se va a adelgazar la tela, señora". La miraba por encima del hombro en el fregadero de la casa de huéspedes. "No le talle tan fuerte. No las uso para trabajar en el campo, señora". La señora hacía caras y gruñidos y me miraba con el ceño fruncido y la barra de jabón en la mano como arma.

Con los años se fueron sumando camisas más caras, algunas decoraciones licenciosas como olanes en la tapeta, mangas con pinzas en los hombros, aplicaciones de colores, servicios de tintorería de lujo, hasta llegar a ese día de octubre en el que la camisa era un disparate financiero e iba tan blanca que reflejaba el sol.

Me gustaba la androginia y el exceso. La combinación me permitía cambiar sin que fuera posible detectar de qué manera o cuándo. Me hacía parecer inmutable, aunque bien visto, más rica y poderosa conforme el tiempo avanzaba.

El zapato izquierdo me lastimaba el talón. Caminé unos pasos por mi habitación y pensé en cambiarlos, pero al final decidí no hacerlo porque en días de gloria suele haber sangre. Qué más daba si me sangraba el talón izquierdo, si el otro reposaba triunfal sobre la piedra que funda mis imperios. Así pensaba: la gloria o la derrota. La sangre derramada. El adversario. Ganar o morir. La hegemonía. La tradición. Los símbolos. Mi mente tendía a la grandilocuencia y la guerra. Mi educación de vendedora y mi naturaleza belicosa eran el caldo. El resultado de mis decisiones. Soltar codazos y avanzar. Llegar a la cima, a la meta, al trono. El fin justifica los medios. Mueran los débiles.

Salí temprano para evitar el tráfico. Mi coche era un Mercedes Benz verde botella que parecía recién salido de la agencia gracias a los cuidados de Manuel, mi chofer, que abrió la puerta trasera, como siempre, sin sonreír. No había saludos ni muecas de bienvenida entre nosotros. Solo pactos silenciosos. El coche iba siempre limpio, el tanque lleno y la radio prendida en el noticiero. *Mueren tres policías y dos civiles en la trifulca.* Ninguno hacía peticiones extravagantes. Ese tipo de certeza era mi templo. *Se registra ola de calor en las costas del Golfo.*

La ciudad esa mañana se sentía gris, sola, silenciosa. Se preparaba conmigo. Miré por la ventana.

El Tren Chol sufre atrasos de hasta veinte horas. El gobierno no explica las causas.

"Apaga el radio, Manuel, por favor".

Las calles de Polanco esa mañana hicieron de telón de fondo a mi fantasía: los socios agazapados en un bloque mirando en mi dirección. Yo haciendo una reverencia con las manos sobre el corazón, batiendo las pestañas, agradecida por las generosas palabras de una voz en off: "Enhorabuena, licenciada Corona. Es usted socia". Mariano Silva, el abogado más sénior del despacho, develando la placa. La palabra *Corona*, dorada y resplandeciente en tipografía *Fraktur*.

No me di cuenta cuándo llegamos a la Torre Alfa. Manuel tuvo que pedirme que bajara del coche. Me abotoné el saco y subí la escalera exterior con paso militar. El viento frío le dio un aire de elegancia al momento.

Fui audaz en mi aproximación a los temas desde mi primer caso como asociada en el despacho. En el elevador, pensé en mi primer asunto. Acababa de recibirme *summa cum laude* y me asignaron un caso con pocos precedentes. El propósito era demostrar que, debajo de cierto rango, todos éramos tropa. Nada más falso.

Gracias a la ausencia de criterios, pude plantear un litigio seguido con la intención de explorar los alcances del derecho violentado: la libertad religiosa. Nuestro cliente, Samuel Friedman, era un tipo implacable. Lo recuerdo caminando en círculos dentro del juzgado. Era enorme e iba siempre vestido con traje y kipá negros. Obsesivo, meticuloso, dedicado.

Friedman quería que sus hijos menores, Ruth y José, se ausentaran de clases para pasar con su familia dos fiestas religiosas: Rosh Hashaná y Yom Kipur. El año nuevo judío y el día del perdón. Friedman insistía en que el boletín que publicaba el Ministerio de Educación era inconstitucional porque solo contemplaba católicos, rodillones y patriotas y no a la totalidad de los mexicanos. "¿Dónde queda la libertad religiosa?", me preguntaba señalando la Semana Santa marcada en rosa en el calendario de su teléfono. Yo negaba con la cabeza para aquiescer. Lo único que pedía la pregunta era mi indignación solidaria.

Promovimos un juicio alegando que el boletín, al no contemplar las fiestas judías en el calendario escolar, violaba para esa familia el derecho a la libertad religiosa. Fuimos contundentes y la juez emitió una sentencia a favor de Friedman. A partir de entonces, promovimos el mismo juicio de amparo cada año hasta que Ruth y José terminaron la prepa. Ese era el efecto del amparo. Friedman exigió lo que la Constitución le ofrecía, pero no le daba. El juicio de amparo les permitió, a él y a la autoridad, gozar y proveer, respectivamente, un derecho fundamental.

Litigar era pelear para dar vida a los derechos, más que alinear la voluntad con resultados, más que obtener algo porque sí, más que vender, aunque mi madre no estaba convencida. Para ella, los abogados vendían a modo. La gente pagaba lo que tuviera por las cosas que le importaban. Cuando le marqué para platicarle la victoria en el caso Friedman, me dijo que yo era una excelente vendedora y que se lo debía a ella.

"El señor compró el derecho de sus hijos a faltar a la escuela. Se dice fácil, pero solo una vendedora tan buena como tú puede convencer a alguien que pague dinero por esa tontería que se puede hacer sin pagar".

"No, mamá. Friedman no compró un derecho. Friedman exigió un derecho, un derecho que no tiene que comprar porque ya es suyo, porque la Constitución y los tratados internacionales dicen que lo tiene".

"¿Pero cuánto les pagó a ti y a tus colegas por conseguirlo?".

"Ese no es el punto. Nosotros damos un servicio y eso cuesta. Lo que está pagando es el servicio, no el derecho".

"Así le dices tú, mija, pero la realidad es que todo en esta vida tiene precio. Hasta los derechos. ¿A poco no les pagarías a tus abogados todo lo que sea necesario para tener tu libertad? ¡La libertad es un derecho!".

"Sí, mamá, pero cuando se gana un asunto no se compra la libertad. La sentencia declara inocente al sujeto o el derecho le da su libertad por otra causa".

"Es lo mismo".

"Comprar tu libertad es darle dinero al celador para que te deje salir o pagar el rescate en un secuestro. En el amparo, la libertad de la persona está comprometida en términos de derechos, no de compraventa. Obtenemos legalmente la libertad. No hay un celador comprado. Tienes que ser capaz de ver la diferencia".

"Hay un abogado pagado. En este país, mijita, todos perciben ingresos por todo. Si el tipo va a dar a la cárcel ganan unos, y si nunca llega, ganan otros".

"No todo funciona bajo esa lógica. Esa mentalidad es absurda".

"No es una mentalidad, mijita, es mi experiencia, pero una cosa sí te digo: me encantaría tener tu habilidad para vender de todo. ¡Qué bien te transmití el oficio!".

En el transcurso de los años me hice miembro de la Barra Mexicana, Colegio de Abogados. Me reconocieron como abogado del año. Los diplomas colgaban de mi pared. Mi mamá insistía en que todo lo que había obtenido se lo debía a mi habilidad de vendedora.

Una vez me acompañó a dar una ponencia en una conferencia en Monterrey, *La Juventud en el Emprendimiento Empresarial*. La conferencia congregaba a las personalidades corporativas más destacadas del país y hordas de estudiantes. Funcionaba como una feria de trabajo universitaria. Las corporaciones reclutaban a sus nuevos miembros y los estudiantes y jóvenes profesionistas se codeaban con las empresas relevantes en el país.

Mi ponencia se titulaba: *El futuro del Litigio Corporativo en México. Innovaciones en la profesión*. El auditorio estaba abarrotado, y mi madre no paraba de hacer comentarios sobre cómo vestía la gente y lo que ella llamaba "la falta de habilidad para presentarse", especialmente entre mujeres.

Cuando tomé el podio, un desfile de edecanes muy maquilladas se acercó. Iban vestidas de morado y peinadas para una fiesta de quince años. Mi madre las miró de arriba abajo. A las abogadas nos invitaban a hablar sobre innovación jurídica, en alguna medida, para llenar la cuota, pero sin comprometer su verdadera visión de género: seis mujeres jóvenes lejos del emprendimiento empresarial, contratadas para permanecer paradas en tacones, con pinta de pirujas, acomodando personas en sus lugares.

Antes de saludar al amable público, pedí a las edecanes que tomaran asiento. Se escucharon toses, murmullos, risas, y las edecanes no supieron qué hacer. Buscaron con la mirada a su líder, un hombrecillo de pelo pintado y bigote recortado que las custodiaba como padrote desde el fondo del salón.

"De hecho", dije mirando al hombrecillo, "siéntense aquí", y paré a seis abogados de la primera fila. Los desplazados quedaron estupefactos y, sin la ayuda de las edecanes, les tomó cerca de dos minutos sentarse en los asientos disponibles en las filas de atrás. El ambiente se cortaba con tijeras. Ellas no quisieron tomar los lugares y tuve que dejar el podio y acercarme para que me hicieran caso, "siéntense ahorita mismo".

Tomé el podio de nuevo y dije: "Ahora sí estamos innovando en la profesión". Hubo un rumor de risas y uno que otro aplauso. Los no tan jóvenes tosieron, y el coordinador se molestó. Las edecanes atendieron mi ponencia con gestos de preocupación y buscando al hombrecillo, que estuvo todo el rato con los brazos cruzados y el ceño fruncido.

Se me daba bien incomodar y mi nombre tenía cada vez más peso en el gremio. Yo me habría descrito como disruptora y litigante. Era ya una jurista condecorada, de la que se hablaba en el gremio, asociada sénior en el despacho más prestigioso de México, y por fin había llegado mi hora. ¿Qué haría con mi nueva posición? Ser radical, como en aquella conferencia. Conmigo se acabarían los favores personales y las ineficiencias. El despacho entraría en fase de crecimiento económico y recortes a la estructura. No más edecanes con pinta de pirujas.

Antes de subir al despacho de Silva, pasé al baño a practicar mi reacción frente al espejo. Apoyé las manos sobre el mueble del lavabo y me miré. Tenía la cara de mi padre superpuesta. Me aparecía en circunstancias desafiantes. La luz mortecina no ayudaba. Parecía un samurái, con dos líneas verticales, oscuras y largas, custodiando los lados de mi boca delgada. Mi papá era un hombre siniestro y tonto. Lo aborrecía y aborrecía cargar con su semblante. Un mal papá y un mal marido del que nos deshicimos cuando yo era chica y que mi mamá aceptó de vuelta por falta de ovarios. Yo tenía diez años cuando mi mamá se embarazó de mi hermana Nuria y mi papá se fue a vivir con otra mujer. Pasaron seis años más, los mejores de mi vida, hasta que vino a rogarle que lo dejara regresar y mi mamá lo aceptó. Su segunda familia no había resultado mejor que la primera y en nuestra casa no lloraban bebés ni hacían falta pañales. Yo lo habría dejado en la calle, pero mi mamá era débil. "Los hombres nos validan, mijita. Consíguete uno antes de que te parezcas a tu tía Jovita".

Subí a la oficina de Silva y esperé sentada en la sala. Silva me había convocado con poca anticipación. El trato para mi ascenso era "gana el asunto de las presas y te hacemos socia". Silva era fundador de Silva y Molina y mi mentor desde la licenciatura. Era el abogado postulante más relevante del país, y yo, su brazo ejecutor. La materia *sub judice* en La Esperanza era la instalación de tres represas para generación de energía hidroeléctrica en un tramo del río Usumacinta, en Tabasco. La instalación de presas era impopular porque tenía un inmenso impacto ambiental en los ríos; sin embargo, en países como México, tras la debacle energética, seguía siendo un modo aceptable de generación de energía.

La demanda de amparo contra IBAK, nuestro cliente en el juicio, se centró en un asunto técnico: que la empresa no presentó su Declaración de Huella Antrópica para la emisión de los permisos de construcción. Esa DHA era un prerrequisito en la ley para la emisión de permisos de construcción y consistía de un estudio minucioso donde se debía especificar qué daño impondría la obra al medio ambiente, dónde se talarían árboles, qué comunidades tendrán que desplazarse, qué hábitats quedarán bajo amenaza, qué cenotes vaciarían, etcétera. ¿Por qué les dieron permisos de construcción a IBAK si no presentó su DHA? Porque era un proyecto de interés nacional. Así lo dijo el gobierno. Incluso llegó al extremo de calificar este y otros proyectos de infraestructura de "esenciales para el desarrollo" y de "seguridad nacional".

Gané, pues. Aplausos para mí. El tribunal le ordenó al juzgado dictar una nueva sentencia y levantar la suspensión de la obra. La construcción debía seguir "por falta de elementos suficientes para controvertir un proyecto de seguridad nacional".

La Emisora Nacional de Energía tendría una nueva fuente de poder. Prolongaríamos la vida de nuestra dependencia energética por unos años. El despacho y la empresa navegarían en dinero. Felicidades a todos. Una obra más de ingeniería de punta. ¿Por qué no se instalaban turbinas subacuáticas en lugar de cortinas que interrumpieran el flujo del río? Al parecer no convenía a los planes del Estado como modelo económico ni aportaría a la retórica del poder. Si no hay cortinas, no hay dónde poner mega señales, con eslóganes que digan "aquí se acrecienta la esperanza".

Ahora bien, había una mosca en la sopa. Se me había pedido litigar fantasma, es decir, meterme a la cama y calentarla para otro abogado. Federico Molina Maza, hijo de Federico Molina Ceja, socio de Silva y Molina.

Molina Junior era un rubio cachetón con la papa en la boca y aparecía en el expediente como abogado titular, en lugar de Marcia Corona, que figuraba como "persona autorizada" en la lista de pasantes. Un inútil, mal abogado, tonto y flojo, que al ganar un juicio de ese tamaño, le darían un chance de sentarse en la mesa de los adultos. Litigar en su nombre era una tomada de pelo. Humillante para mí y peligroso para él, pero fue una condición del trato, y no pude negarme. Siempre había una condición turbia. De otro modo, ¿qué incentivo tenían para pagarme más por hacer lo mismo? Esa instancia estaba fácil y la podía ganar cualquiera, pero solo si lo hacía yo a nombre de Junior, Molina Sénior aceptaría votar en favor de mi ascenso. Molinita sería el abogado titular, y yo, su pasante. El muchacho consentido necesitaba algún mérito para presumir en los eventos de la Barra y cacarear en los puticlubes. Con esto criaba, como a un Tamagotchi, su primera conversación. "Un asunto delicado", diría el inútil, cachetón, con la cara entre las tetas lustrosas de una polaca menor de edad; "pero lo ganamos bien y, con nosotros, México."

La sola idea me disparaba un balazo de acidez que tuve ocasión de degustar sentada en la sala de espera de Silva, que, según su asistente, "tardaba en llegar por atrasos en la reunión de consejo". En otras palabras, en la discusión sobre los detalles de mi ascenso. Me miré las uñas peladas y mordidas. No había tenido tiempo de arreglármelas. Cerré los puños. La asistente me ofreció galletas. Acepté sus galletas y un tercer café. Silva bajó por el pasillo y me hizo pasar a su oficina con un gesto serio y las palabras "vamos al grano, abogada". Sin saludar, quitarse el saco o mirarme a la cara, se recargó en el filo del escritorio y me señaló la silla frente a él. Tenía la cara descompuesta. Algo estaba mal.

"Parada estoy bien. Gracias".

Miró al piso, negó con la cabeza y acarició su barba gris en forma de triángulo con la mano derecha. Respiré profundo. Se ajustó el nudo de la corbata. Corregí la voz. Suspiró. Contuve el aire. Se arrancó con un sermón en el que, en esencia, dijo avergonzarse de mí por haber ofrecido marihuana a un pasante, según reportes anónimos. Solté una carcajada. "¿Reportes anónimos? ¿No fue el pasante?".

"No es necesario disculparse. No vas a reparar el daño con palabras".

Pregunté si su acusación era seria. Resultó que sí. Un reclamo así, en un despacho que no oponía mayores consecuencias a los abusos cotidianos que cometían sus abogados, no era creíble.

"Silva, no puedes hablar en serio. Sabes las cosas que hacen tus abogados con las pasantes, ¿cierto? El propio Molina Junior acosa a las recién llegadas. Les llama ganado".

Unos días atrás, una pasante había venido a mi despacho a decirme que el nene de cachetes carmesí le mandaba mensajes de texto sugerentes con sintaxis de Bacardi. Conductas que, a diferencia de esta, estaban tipificadas como delitos.

"No estamos hablando de Molina Jr., sino de ti. Lamentablemente, Marcia, decidiste mal. Tu comportamiento va contra todo lo que te he enseñado y lo que este despacho representa".

Muerte, fue el concepto que vino a mí como arpón. Muerte a quien me haya tendido esa trampa. Muerte al pasante cobarde y mañoso. Muerte a Silva. Me mordí la boca por dentro, asentí y dije, con mucho respeto, que los pasantes eran adultos, y el consumo y portación de marihuana era legal. No había motivos válidos para el reclamo.

"No estamos hablando de legalidad, sino de moralidad. En nuestros estatutos se habla sobre los valores del despacho y la probidad de nuestros miembros. Tu conducta queda al margen de estos valores. Nuestro prestigio es lo único que tenemos y tú lo has puesto en tela de juicio. Por esta razón, te tienes que ir".

Salí de su oficina con la sensación de haberme tragado una piedra. Aún puedo sentirla cuando recuerdo ese día. El camino a mi oficina me pareció largo y confuso. Aceleré el paso con los ojos clavados en la pantalla del celular. Tal vez echarme era un plan concertado. Hubo un voto. Cien a cero. No valgo nada. Soy una mierda. Cerré la puerta de mi oficina y bajé las persianas. Silva me había usado y, cuando terminó, me cortó el cable. Nunca pensó en darme ese ascenso.

Llevas días caminando en la selva con esos huaraches de hule que te dio la madre creadora de todo lo visible y lo invisible. Están picados y cortados. Subes la piedra con cuidado. Ya les pediste mucho a tus sandalias de cuero propio, y si fuera por ti, te detenías a masajearlas, pero no puedes, porque si te paras, te mueres. Se te arrima un mal, te alcanza un demonio, se para en seco tu bomba zurda, los pies se te caen, te salen nalgas de mandril y cola de diablo. La única forma de sobrevivir es andando sin respiro, no le hace si tienes destino, si lo conoces, si te equivocas, te norteas, te confundes, te agarras pal otro lado. Toca subir piedra y piedra subes. Frente a ti se ve el corte de la montaña, el corte que hizo el río en la larga noche de los tiempos. Es una pared tupida y alta. Piensas que debe subir hasta el cosmos.

En tu camino has visto ceiba, caoba, chicozapote con su chicle natural, has comido el fruto del ramón o chimón, como los mayas, y has visto palma diversa, como la palma de corozo y la palma real, y la palma africana que se bebe el agua y deja a las demás chupadas y sin aliento. Tu camino serpentea, como el río. Como las serpientes. Como los poemas que vas armando en tu mente descolocada. Ves sapos y no sabes si lamerles el lomo o mejor picarlos con tu cuchillo y prender la lumbre. Piensas en huir, en desaparecer, aunque no sabes cómo se huye en circunstancias como las tuyas. ¿Qué haces, por ejemplo, si el sapo vuela y te come un ojo? Pues nada. Quedarte tuerto.

Las lianas y las enredaderas cuelgan o trepan, según sean unas o las otras. Tú nomás caminas y las maldices. Te cuelgas de una y te caes de un ramalazo. Te has quedado en pasmo varias veces con los colores de las heliconias y los hibiscos, las orquídeas y las bromelias. Te quitan el aliento. Nomás te las cruzas, piensas en ellas todo el rato, como te pasa cuando ves mujeres de pelo largo, mujeres que tocas con la pura mirada. Cuando te olvidas de las heliconias, el paisaje no ha cambiado.

Ahora mismo, andando sobre la roca, te asomas hacia el agua que cruje y se levanta como el filo del ala del quetzal y piensas que lo mejor sería tirarse al río cual flecha en el combate. Inmolarse, mejor dicho, porque está alto y no vas a sobrevivir la caída. No quieres morir si la selva no te mata, aunque quizá tirarse al río es la selva matándote; la salida digna que te ofrece la madre de la creación y tú no la tomas porque algo te falta por hacer, no sabes qué, y porque tienes miedo y porque en el fondo también tienes esperanza. Y esperanza de qué, te preguntas. Esperanza de todo. De terminar en la cara de una estela maya. De portar atuendo, tocado y perfil de valiente. De que se te respete, de salir con vida de la selva. De criar a un hijo. De hacerte guacamayo y volar alto y lejos.

Un momento atrás dejaste el suelo de raíces retorcidas, de hojas y musgos húmedos. Sobre esa esponja te encaró un escorpión arborescente del tamaño de tu mano. Tuviste que aventarlo contra el tronco de una ceiba e hiciste bien, porque esos matan. Añoras ese suelo apestoso. Tus pies lo añoran, aunque también lo odian. Añoras esas cortinas de enredadera que te protegían del inclemente. En la piedra no hay protección, tampoco hay artrópodos, o quizá sí. Ni sabes y nomás inventas para seguir. Puede aparecer un jaguar. Ya quisiera yo, dices quedito. Te preguntas si el miedo a que te mate no te quita el gozo de mirar de frente a una criatura sagrada. Te preguntas si la criatura no tendrá miedo de darle una tarascada a una criatura maligna y envenenarse. Si esa criatura maligna, también por miedo, intentará clavarle su cuchillo en el vientre. Si no habrá modo de evitar matarse por puro miedo y mejor acompañarse.

Tienes que alejar esos pensamientos para poner atención a la tarea de escalar. Piensas en las cabras que quieren cima. En la selva no hay cima, porque arriba es abajo, y también lo opuesto es cierto en todo momento. Te concentras en el aspecto. En estar en la acción y, al mismo tiempo, esquivar los dedos largos de la muerte; puro hueso negro en exceso articulado. Te has pasado varios días en este juego con ella. Quiere llevarte, pero también le gusta verte en las postrimerías de tu vida. Te tiene un cariño morboso y quiere que vivas eso que crees que te hace falta antes de su abrazo eterno.

El mismo día en que me asignaron el asunto, recibí un telefonazo de Mariano Silva, "felicidades, abogada. Este asunto viene con torta. Tu nombre va a la placa". Sentí el corazón acelerarse. Alerta, me dijo el cuerpo. No aceptes. Es una trampa. Ese susurro vía telefónica tenía antecedentes. Me sobrecogió el tono de voz, tan parecido al que escuché cuando me hizo su primera oferta.

Aquella vez, en cuanto entró en mi bandeja un asunto millonario, Silva marcó mi extensión. Aquel era un juicio que había alcanzado su sentencia final en la Suprema Corte después de siete años de litigio.

El conflicto fue que la empresa que proveía más de la mitad de los servicios telefónicos y de internet en México y otros nueve países de Latinoamérica, Brasil incluido, incurrió en prácticas desleales que expulsaron a la competencia del mercado. Esta competencia desleal violaba la ley. Era un chacal en el patio del kínder. Le llamábamos *bully*. Nuestro cliente fue uno de los expulsados, y promovimos un amparo contra las actividades monopolistas de la empresa *bully*.

Ganamos, y la sentencia le obligó a modificar sus precios excluyentes para permitir al resto competir. Así empezó la saga que siete años más tarde nos llevó hasta el telefonazo número uno de Mariano Silva: el susurro primigenio. "Dependerá de ti qué tan millonarias serán las multas millonarias que llevamos litigando siete años. Si logras el tope, el despacho tendrá la liquidez suficiente para hacerte socia. La Corte ya dictó sentencia y solo queda que el juez ajuste las multas al tope".

Cumplí mi parte del trato. Los socios estuvieron de acuerdo con la estrategia de anegar el juzgado con abogados para comunicar, en lenguaje teatral, que las prácticas monopólicas excluían a muchos y que podíamos amotinarnos. Que merecemos nuestro pago y que la *bully* merece pagar. El juez quedó convencido. Mi madre hubiera dicho: "Una imagen dice más que mil palabras".

Condenaron a la *bully*. "La monopolista no puede, por ley, pagar un centavo más". Fue una frase que se usó unas cincuenta veces en el contexto de la victoria. Era el cadáver de Héctor exhibido en la plaza, atado del tobillo a una carreta.

No fue un encargo que me requiriera inmensa creatividad jurídica, energía o dedicación, pero era cierto que yo sellé la cantidad navegable de dinero que entró al despacho. Celebramos el éxito abriendo botellas de champaña con los socios, los asociados y los directivos de nuestro cliente, pero la victoria se me agrió en la boca. Silva no cumplió. La excusa fue que el contador del despacho había hecho mal los cálculos de impuestos para ese año. El despacho tendría que vivir una reestructuración financiera para solventar los impuestos y no podría cumplir su compromiso conmigo. ¿Y el dineral que acabamos de hacer? No tuve que preguntar. Se iría a cubrir la deuda tributaria.

Me supo a mierda y el recuerdo me atropelló en el segundo susurro telefónico. Silva me pidió sacrificar mi nombre para que Molina brillara. Por eso me tardé en reaccionar. Por eso me paré de la silla y me tiré en el sillón. Por eso no agradecí, sino que tragué saliva. Me habían fallado, y por eso Silva siguió hablando, llenando el silencio con la supuesta complejidad del asunto, con la supuesta idoneidad de mi perfil, con los retos y satisfacciones que acarreaba la tarea. "Todos en el despacho sabemos que vas a ser socia. De eso no hay duda. No hay dos como tú".

"Prefiero no litigar en nombre de otra persona. Me parece poco ético".

Silva guardó silencio. Conocía mis motivaciones. "Corona, ¿quieres o no quieres ser mi socia?".

Corregí la voz y me senté. "Nadie va a creer que Molina Junior sea titular en un asunto así. No es fácil ocultar su estupidez". Podía imaginar a Silva con ambos codos sobre el escritorio y las manos entrelazadas frente a la boca, respirando profundo. "Corona, eso no te toca decidirlo. Yo negocio con los socios. Molina necesita que su hijo levante su perfil y tú puedes ayudarnos, pero solo si quieres ser socia".

Siguió diciendo que ganar un juicio era importante para Molina, y el empujón que necesitaba para volar, como si fuera obvio que yo estaría dispuesta a defraudar por él. Era una línea del personaje hombre de familia, abigarrado, anticuado, detestable, dizque velando por los débiles con apoyo de los más capaces.

"No me interesa ayudar a los Molina".

"Ayúdate a ti".

Aclaró que no tendría que trabajar con él o bajo sus órdenes, sino solo dejarle figurar en el expediente como titular. Al final del día, el asunto de Molina habría sido un inconveniente sin importancia.

"No tengo buenos recuerdos de nuestro último intento".

"Ya pasa esa página, por favor".

"Pasaré la página cuando sea socia".

"No hagas esto otra vez, Marcia. Es desgastante".

Escuché su respiración. Estaba molesto. "Por cierto. La oferta es como socio junior". Lo dijo con encono. La cabeza me daba vueltas. Era mi castigo por el berrinche.

"Quiero ser socio senior". Pensé si no sería el momento ideal para referirme a mí misma como socia con a, como toca, en lugar de socio, como me enseñaron.

"Tienes cuarenta años, Corona. Aunque seas el mejor abogado del mundo, no te toca todavía".

La dinámica era así: él me adulaba, yo caía, enseguida me daba cuenta de la táctica y reculaba, él me chantajeaba con "todo lo que había hecho por mí", yo replicaba con "todo lo que había hecho por él", hasta que estampaba el puño en la mesa y yo me callaba la boca. Afirmativa ficta. Acepté. Así se haría y punto. Maldito Molina.

El resumen del asunto decía, con más palabras, que un concejal de un ejido en Tenosique, de nombre Príamo Zepeda, había interpuesto una demanda de amparo para solicitar la suspensión de la construcción de las presas y la central hidroeléctrica conocidas como "La Esperanza" en la cuenca del río Usumacinta. La empresa constructora, IBAK, no había entregado la Declaración de Huella Antrópica. Revisé de nuevo y confirmé: el único concepto de demanda con un único alegato: la ausencia de Declaración de Huella Antrópica. Muy sencillo.

Me paré de la silla y me trepé en el librero como araña para alcanzar una caja de archivo en la que guardaba mis trabajos universitarios. Veinte años atrás, como estudiante, hice una investigación sobre los alcances de la Declaración de Huella Antrópica en proyectos de infraestructura.

Miré las carpetas de colores. Me sentí feliz. Me daba una inmensa satisfacción consultarme a mí misma. Los archivos estaban clasificados por año y materia. Había tomado derecho ambiental en el cuarto año. No tardé en encontrar la investigación que decía lo que yo siempre había pensado: que es necesario ponderar la magnitud de huella antrópica o impacto ambiental contra los beneficios potenciales de la obra, y eso solo se puede hacer con una medida objetiva: el dinero y sus derivados.

Según los argumentos de Príamo contra las presas, de haber sido presentada la DHA, se habría revelado que las cortinas de concreto que se instalarían perpendiculares al flujo del río tendrían efectos catastróficos:

En 2015 sucedió el más reciente intento por parte de los dueños del dinero de bloquearle el paso al agua de este río. Creímos aquella vez, y las tres anteriores, que lo habíamos dejado claro, nosotros, nuestros padres y abuelos, y los arqueólogos y científicos que han estudiado el caso una y otra vez. Y ahora, los dueños del dinero regresan con sus sinsentidos, sus ambiciones, sus ideas de progreso que caducan cada treinta años, "ahora sí es urgente, ¡mire nada más la crisis energética!".

Mientras tanto, matan todo a su paso. No hay que ser genios para entender por qué no presentan Declaración de Huella Antrópica. Es porque no pasa el examen. Porque el impacto ambiental es devastador. Ya no ponen presas en los ríos, ni los rusos, ni los nigerianos, ni nadie, porque el mundo ya se secó bastante, ya se murió bastante, aún más después de las guerras y la barbarie de la ingeniería. Como en un sueño, de pronto todos al mismo tiempo se dieron cuenta de que nos faltaban los ríos: ¿a dónde se fueron? ¡En México queda uno! Bueno, medio o un cuarto, porque parte está en Guatemala, y de nuestra mitad ya nos cargamos algo. Lo bueno que tenemos a disposición el concepto "interés social y el orden público" para ocupar sus tierras para las actividades estratégicas del Estado. A los poderosos aquí no les importa que sea el último río vivo de la región Maya y que se haya defendido ya cuatro veces contra las presas. Por tercos y ambiciosos, no les ha quedado claro que las presas son asesinas. Que el verdadero "interés social y orden público" es que este río sobreviva, pero no. Por la causa de la energía y el dinero morirán robalos, larvas, guacamayas, salamandras y cocodrilos. Morirán zapotes, guapaques, jaguares, tejones, venados, ardillas, monos araña y tepesquincles. Morirán nutrias, loros armadillos, pumas, venados y ocelotes. Morirán iguanas, tortugas, aulladores, nauyacas, mojarras y lagartijas. Morirán capulineros, tucanes, tecolotes, carpinteros, tordos, halcones, zopilotes, urracas, águilas y garzas. Morirán jabalíes, murciélagos, musarañas, ratones, conejos, tuzas, armadillos y hasta vampiros. Este no es ni el .1 % de la lista. También se cargarán la teca, el bejuco de agua, el ébano, el tabaco, la guaya, la charamusca, la chipilina y otras doscientas especies que no les digo porque no pueden pronunciar los nombres. Se van a cargar lo que la gente siembra en sus milpas junto al río. Lo que comen, respiran y beben, ellos, sus hijos y todos los seres del río. Las cortinas asesinas serán causantes de terribles enfermedades, estancamientos, erosiones, devastaciones, inundaciones, migraciones, ataques, deslaves, altas temperaturas, escasez y pobreza. Dolor y muerte. ¿A quién le sirve internet si no se tiene la vida? ¿A quién le sirven los microchips, si no se tiene la vida? Causarán también la desaparición de nuestros templos, nuestro pasado, nuestra raíz o, como le dicen ellos, nuestro patrimonio cultural. Podrán decir: no desaparece, ¡queda entre dos carreteras! O no desaparece: ¡queda bajo el agua! Pues a torear carros vestidos de buzos hasta que la historia borre a Yaxchilán con agua, al Planchón de las Figuras y Piedras Negras. ¡Ah!, se me olvidaba. Piedras no es mi problema, sino de Guatemala. Uno menos... Van a asesinar despacio y con crueldad al río mismo. A la selva misma. Matar al río es como jalarle a la selva la tráquea. Imagínese, señor, que le bloquean la sangre en cuatro distintos lugares, el aire por dos, la comida, la bebida, pero solo un poquito. No le dejan caminar, ni pensar, ni respirar, ni hablar, ni suspirar, ni sonreír, ni enfadarse. No le dejan dormir ni comer. ¡Ah!, pero cómo le hacen trabajar. Qué crueldad es esa para la propia humanidad que a este paso dejará chatarra de celulares y montes pelones. ¿Dónde está el derecho a la vida? Esa discusión se queda en el aborto y la pena de muerte. ¡Qué legado para esta era!

Su escrito era mucho más una alegoría folclórica que una demanda basada en conceptos jurídicos válidos. No había distinción entre conceptos de violación y alegatos, ni una reclamación concreta más allá de la no presentación de la DHA. Es decir, era un alegato pobre y mal fundamentado, basado en un aspecto técnico debatible. Jurídicamente, no era un desafío.

La demanda me hizo pensar en mi hermana Nuria, que había ido con un novio a navegar no sé qué río en Chiapas hacía muchísimos años. En Monterrey no se viajaba con los novios, menos al sureste del país, que los regios considerábamos pobre y atrasado. Mis padres se opusieron al viaje, pero a ella no le importó y se internó en la selva con el tipo aquel, al que mi padre llamaba "el Greñudo". Nuria se volvió loca de asombro. Hablaba de las aventuras para llegar al río y de las dificultades de la navegación en una barcaza hecha de palo sin una preocupación en la vida. Mi papá, con su cara de asco, atacó a Nuria y minimizó su experiencia, como si un humo negro de selva le hubiera susurrado al oído una verdad universal: tu papá es un pobre imbécil.

Nuria hablaba de la lluvia tibia, de los monos aulladores, las iguanas, los insectos, las papayas que colgaban de los árboles como joyas. Hablaba del abrazo de la madre tierra. Su experiencia vibraba. Yo me mostré indiferente, pero sentí curiosidad y celos. "Qué cursi", fue mi único comentario. A mí nadie me había llevado ni a Saltillo y no podía comprender el encantamiento en el que estaba Nuria.

¿Quería que Yaxchilán se hundiera? Claro que no. ¿A Nuria le importaría? Era difícil saberlo. No estaba segura si ese era el río al que fue y si conoció Yaxchilán o fue otro sitio arqueológico de esa zona, pero sí sabía que estaba anegada ella misma en ser una mamá ejemplar y una serie de compromisos sociales regiomontanos. ¿Había alguna alternativa? No. La energía eléctrica era necesaria para la vida; Yaxchilán, no.

Si queremos prevalecer, mejor encender las máquinas, que proteger con los mismos recursos el patrimonio simbólico.

Carlos Rovirosa

3008 habitantes en 2020.

Pantanos de Centla

Área protegida con categoría de Reserva de la Biosfera; el humedal más extenso de Mesoamérica.

Hablan los Hechos

Es de negarse y se niega la dotación de tierras promovida por campesinos del poblado denominado Hablan los Hechos….

Las Tijeras

235 habitantes en 2020.

Torno de la Bola

Índice de fecundidad (hijos por mujer): 2.31 en 2020.

El Encanto

(también le dicen El Chonchal).

La Tragedia

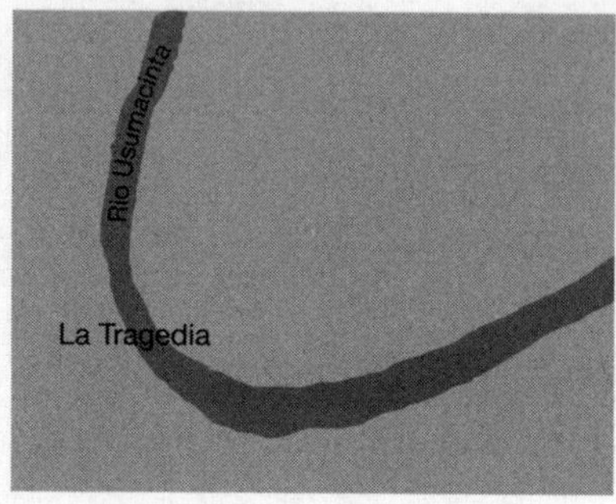

La Encarnación

Se encuentra a 19.1 kilómetros (en dirección Suroeste) de la localidad de Jonuta.

Palizada

Pueblo mágico.

San Garabato

Latitud: 18° 7' 14" N.
Longitud: 92° 11' 59"O.

Jonuta

Latitud: 18° 05' 27" N.
Longitud: 92° 08' 19" O.

San Benigno

Selva alta perennifolia.

Zapotal

Cerca de Chontalpa y la Sierra.

Vuelta Abajo

Su población analfabeta está compuesta 100 % por mujeres.

Cocoyolar

No te pierdas Parroquia de San Joaquín a 56 kilometros en dirección Norte.

Juan Sabines

El pueblo se llama así por el gobernador, hermano del poeta.

Chablé

Con temperaturas que van de los 15 °C, en los meses más fríos, hasta 44 °C, en el verano.

El Pochote

El pájaro atila polimorfo es muy de esta región.

Tierra Blanca

Ranchería conocida por sus cactáceas gigantes.

Pocvicuc

El club de observadores de aves de Tabasco avistó un gavilán caracolero en 2018.

Jahuactal

La Batalla de El Jahuactal tuvo lugar el 1 de noviembre de 1864; y es el municipio de Cunduacán en el estado de Tabasco.

Conja

Es una isla en el río.

Nueva Jerusalén

Hogar de la Iglesia Nacional Presbiteriana de México, A. R. "Nueva Jerusalén".

Belém

Localidad del municipio de Nacajuca.

Palo Verde
También es el nombre de un árbol.

Missicab
171 habitantes, según el censo de 2020.

Tenosique
(en yokot'an: Tanatsik).

Crisóforo Chinas
El 12.53 % de su población es indígena.

Nuevo Usumacinta
Ahí viven Mercedes y el compadre.

San José
Ahí vive el Malcom.

Nezahualcóyotl
Municipio de Balancán.

Balancán

Templo católico, El Señor de Tila, Balancán, Tabasco, México. Foto de Carlos Valenzuela. Link y licencia: https://es.wikipedia.org/wiki/Municipio_de_Balanc%C3%A1n#/media/Archivo:Iglesia_del_Se%C3%B1or_de_Tila2020p1.jpg. Imagen original a color. Algunos derechos reservados.

Nótese la pirámide al pie del templo católico.

El Desempeño
Nótese la belleza del nombre de esta ranchería.

Yaxchilán

Foto de Nathan Kelly. ID de la fotografía: 1142805851. Fecha: 16 de abril de 2019. Imagen original a color. iStock.

Se ubica en un meandro dentro del río.

Frontera Corozal
Punto fronterizo internacional. Es parte del municipio de Ocosingo, Chiapas (cerca del primer caracol zapatista) y fue instalado ahí para contrarrestar la acción rebelde del EZLN.

Aceptar la humillación de litigar en nombre del nene de cachetes carmesí me hacía acreedora a ciertos beneficios, como acceso a la élite de la cantera de pasantes.

Los abogados titulares los considerábamos como en un catálogo: buena calidad, aunque un poco pesado. Llama demasiado la atención. Femenino. Poca personalidad; excelente para la batalla. Un plomo. Sirve para la foto. No se integra bien con otros elementos del catálogo. Sobrada. Tonta pero amable. Caballo de batalla. Las joyas de la corona.

Aparecieron en mi oficina las joyas de la corona: Octavio Septién y Agustín Tinoco. No era la primera vez que trabajábamos juntos. Nos tocó estudiar el asunto de la multa al *bully* cuando ambos iban en segundo semestre de sus carreras y ahora estaban por graduarse. Hacíamos buen equipo.

En esa época, nos juntamos dos veces en mi casa a beber y a fumar, que fueron suficientes para crear la sensación de una costumbre entre amigos.

Les llamaba "Golden Boys" o "Los Elegidos". Míos por toda la duración del juicio. Cinco estrellas. Sin reseñas negativas.

Los recibí con una sonrisa y los invité a sentarse en el *loveseat* de mi *corner office*. Los miré. Asentí, satisfecha. Me senté en mi silla y giré. Me puse las manos detrás de la cabeza.

"La forma en la que arranca un asunto determina su carácter, su nivel y su prestancia. Ser abogado es un honor", dije sonriendo y girando en mi silla, "hoy, señores, nos toca conducir la defensa de una obra de infraestructura que llevará energía eléctrica, empleo y esperanza a zonas azotadas por la pobreza y la violencia. Nos toca garantizar el buen desarrollo del sistema de presas La Esperanza, y dado que el único concepto de violación en la demanda de amparo es que nuestro cliente no presentó su Declaración de Huella Antrópica, iremos al juicio con una Declaración de Huella Antrópica tardía que desestime su demanda".

Salté de la silla y caminé en círculos por la oficina para explicarles cómo el escrito mismo nos daba todos los elementos que necesitábamos para ingresar una declaración, tirando cada uno de los argumentos. Dicho de otro modo, ¿había que atender la acusación de ecocidio? No. Solo la de la falta del documento técnico, y como caballo de Troya, en ese mismo escrito, echar abajo sus reclamos de destrucción de la vida en la selva y los sitios arqueológicos mayas. A Príamo le había hecho falta una mejor asesoría jurídica.

"Pero la DHA es un prerrequisito para la emisión de permisos y ya no se cumplió. A simple vista, eso es ilegal", dijo Octavio.

"Pero la ilegalidad, si vamos a llamarle así, la cometió el gobierno al otorgar los permisos. Nosotros solo haremos un andamio para soportar esos permisos diciendo que eso también sucedió en la construcción del Tren Chol. Precedentes, pues. Además, vamos a presentar una Declaración tardía, haciendo imposible que ese reclamo subsista, y finalmente haremos valer la cultura de izquierda popular, que considera las obras de infraestructura como un tema de seguridad nacional. Tres argumentos, más lo que se nos ocurran trabajando".

"¿La energía de las presas irá a dar a las casas de los pobres?".

"Y de la Industria, Octavio. También es para mantener zonas industriales".

Octavio miró por la ventana.

"Con la presa andando, nuestros detractores nos darán la razón, y tú mismo te darás cuenta de que valió la pena", pausé para sonreírle, "desde hoy y hasta que ganemos, mi puerta está abierta. Me pueden llamar a cualquier hora, cualquier día de la semana. Quiero que ustedes dos, que están en el umbral entre la pasantía y la abogacía, tomen este juicio como su verdadero examen. Si son serios respecto a sus carreras —y sé que lo son—, esta es su oportunidad de demostrarlo".

Agustín aplaudió. "Eres un crack, abogada".

Sonreí. "Gracias, Agustín, pero no se trata de mí, sino de ustedes".

Octavio negó con la cabeza y suspiró. "Ni hablar". Su antagonismo me servía para pensar.

Era desconfiado y difícil de leer, pero razonaba bien. Tenía aire árabe, ojeroso, como si sufriera en silencio. Hijo de un notario amigo de Silva. Su destino era el notariado. Más que gustarme, me incomodaba y la sensación era confusa. Me miraba como no queriendo. Como si los ojos lo traicionaran. Su lenguaje corporal no era elegante. Estudiante de la Escuela de Derecho Mexicano, como lo fuimos en su momento Silva y yo. La Escuela era un lazo poderoso entre abogados y esa era la razón pública por la que Octavio era mi favorito, aunque en el fondo era otra cosa. Cuando compartía conmigo sus argumentos, atinaba a un nervio. Me daba pena pensar en que esa mente, peculiar y precoz, terminara su carrera firmando escrituras y poderes.

Agustín tenía abolengo. Con él no había ambigüedad. No se equivocaría. Nunca sería pobre. Nunca sabría cuán ridículo era. No tendría incertidumbre. No se sentiría fuera de lugar. En sus propias palabras, "había nacido para ganar". Estaba por presentar su examen profesional en la Universidad, y yo sería su sinodal, así que estaba en la fatigosa carrera de hacerme pensar que era inteligente. Buen político, buenos modales, mismas aspiraciones de clase que Octavio.

Esa tarde diseñamos el primer saque de la estrategia y calendarizamos los objetivos. Idealmente, el tribunal dictaría sentencia dos semanas después. Máximo tres. El juez revocaría el amparo y se retomarían trabajos de construcción a mediados de octubre, lo que haría de mi ascenso un evento de otoño.

Para celebrar el balazo de salida, los invité a cenar al hotel Four Seasons, igual que cuando trabajamos en el asunto de las multas. Había que arrancar fuerte.

Nos llevó mi chofer. Abrimos varias botellas de un vino francés que le gustaba a Octavio, el mismo de la vez anterior, y la anterior a esa, y hablamos sobre el juicio y sobre las aspiraciones profesionales de cada uno.

Mientras cenábamos, sentí el arropamiento de mi guarnición, mi regimiento, mi armada invencible. Entre abogados, me sentía en mi elemento. Tenía claros los códigos. Mi pensamiento jurídico era la escuela de esos jóvenes y eso me satisfacía más allá de las palabras. Era más próspero, cómodo y cotidiano que estar con mi mamá y mi hermana. A ellas, mis méritos no les causaban el menor asombro. Me recriminaban la distancia, la ausencia, la falta de interés y tenían sesgo contra mi talento. Envidia. No era fácil defenderme. El desinterés mutuo causaba dolor y decepción y nos llevaba siempre a las mismas trampas. ¿Por qué no te casas? ¿Por qué no trabajas en el negocio familiar? ¿Por qué no eres más como tu hermana? ¿Por qué odias a tu papá? Como si no fuera obvio.

Se nos fueron oscureciendo los dientes.

"Octavio, cuéntanos. ¿Por qué quieres ser notario?, ¿te apasiona el notariado?".

"Porque es un legado de familia".

"A mí me apasiona esta botella de Côte-Rôtie", interrumpió Agustín. "¿Podemos pedir otra?".

Dejamos la mitad de la comida para darle espacio al vino. Octavio, en efecto, quería ser notario. Eso le habían hecho creer. Su vocación había sido insuflada con cuidado por el ambiente en el que creció. Era un plan sin margen de error. Había tradición y había trono. Un camino luminoso y la voluntad de caminarlo. Si existían miedos o dudas, no eran evidentes. Padre y abuelo notarios. Tía notaria. Primo notario. Apellido con la carga justa. Lo pasaba tranquilo con los aplausos pregrabados y las decisiones sobre su futuro, tomadas antes de su nacimiento. Brindamos por el éxito que veíamos en su camino. Qué fortuna.

"Agus, ¿cómo ves tu futuro?".

Resultó que quería ser estadista a la vieja usanza y, en sus propias palabras, "levantar la actividad política del país".

"Te ves recorriendo México" dijo Octavio, "con el pelo engominado, haciendo campaña desde el quemacocos de una Land Rover, con ese chalequito rojo de botarga Michelin que usaban los priístas".

"Lo dirás de broma", contestó Agustín, "pero sí creo que puedo hacer algo por este país".

Octavio y yo nos miramos con complicidad y sonreímos. Agustín era frívolo, racista y macho. En el mundo corporativo, ese cóctel no tenía obstáculos, pero nadie queríamos eso en un cargo público.

"Los políticos nacen de los sueños", dijo Octavio levantando su copa y brindando por Agustín. Por su éxito y su bienestar. El riesgo no me asustaba lo suficiente como para boicotear el brindis, y levanté yo también mi copa.

Al tema de su desarrollo profesional, le siguió el de sus situaciones sentimentales. Agustín no tenía imaginación. Era un recorte del molde. "Yo me voy a casar con una princesa y voy a tener una familia preciosa", dijo sin parpadear. Era una certeza.

"¿Y tú, Octa?". Octavio levantó los hombros y le dio un trago largo a su copa de vino. No parecía tener interés en crearse oportunidades románticas porque sabía que ese camino, igual que el notariado, estaba pretrazado para él y solo era cuestión de andarlo.

La lectura fácil era que a la edad correcta aparecerían las mujeres indicadas. Se casarían y tendrían Agus y Octas y Sofis y Paus. Mientras tanto, mujeres en carrusel. El suyo era un mundo organizado.

Mientras el mesero me cobraba, Octavio dijo que no quería irse a dormir. Mi departamento estaba a un par de cuadras y me miraron con ojos borrachos. Sonreí. "Se van en una hora".

Muertos de frío, caminamos y reímos por tonterías las cuatro cuadras. El chofer nos siguió en el coche. Subimos la escalera. Cerré un ojo, atiné a la cerradura y abrí la puerta.

"Cómo me gusta este departamento", dijo Agustín entre episodios de hipo. "Recuérdame, ¿quién lo remodeló?".

"Lorenzo Álvarez Reyes".

"Es increíble ese arquitecto".

"Doscientos veinte metros cuadrados para mí sola". Había hecho las subdivisiones con él, pero a mi modo de ver, el crédito era mío porque los espacios complacían mis caprichos. La sala, el comedor y la cocina ocupaban más de la mitad del departamento. Luz cálida, maderas finas, líneas suaves y decoración a base de piezas de Vitra y objetos de diseño escandinavo. Todo tenía lugar y motivación. La cocina nunca se usaba, pero se veía espectacular, a base de aluminio y leds ocultos detrás de los picaportes de cajones y puertas que no guardaban nada.

Entré en mi cuarto y busqué una lata pequeña en el librero. De vuelta los encontré sentados en el suelo frente a la mesa. Agustín había servido tres copas. Abrí la lata y les mostré la hierba. Se la pasé a Octavio y forjó un cigarro perfecto, lo encendió, lo circuló. No dijimos nada hasta que Octavio fumó y, en lugar de toser, eructó.

Nos reímos como idiotas, contamos chistes, criticamos a medio despacho, especulamos sobre las vidas amorosas de los demás pasantes, y de golpe se me acabó la risa.

"Queridos, es hora".

Bostecé. Sentía irritados los ojos y la lengua seca. Sobrevino un silencio. Un momento después, derrotado y avergonzado, Agustín caminó al baño y vomitó todo el vino, según los vestigios que encontré al día siguiente.

A mí y a mis hermanos, mi papá nos pegaba. A la Meche, no, pero la trataba como su esclava, igual que a mi mamá. La mandaba desde niña en medio de la noche al pozo por agua, la mandaba a hacer mandados a otros caseríos y la ponía a trabajar como mula en la casa. Nos tenía que servir, lavar nuestra ropa, limpiar nuestros cochineros, hacer la comida. No le daban educación. Por eso era aguerrida y no se achicaba en la selva. "A mí me dan miedo las personas". En eso se parecía a él, que odiaba a la gente y amaba la selva. Cuando mataron a mi papá en la sierra, Mercedes no lloró. "Se lo merecía", dijo clavando bien duro la pala en la milpa, "igual que todos nosotros".

Mi abuelo Francisco, el papá de mi papá, había sido lagartero. Mataba animales en la selva y vendía sus pieles. Ocelotes, nauyacas, cocodrilos, jaguares, venados y armadillos. Cruzaba tramos largos de la selva con otros lagarteros y regresaba dos o tres semanas después con los animales descuartizados. Lo veíamos bajar la vereda con sendos cadáveres al lomo. Pieles, cuernos, cabezas y quijadas le colgaban por todo el cuerpo, como a un chamán. Mi abuela cocinaba la carne que quedaba y el abuelo vendía las pieles. Así los mantuvo hasta que llegó

Luis Echeverría al poder y prohibió la caza de animales salvajes y la venta de pieles exóticas. El lagartero pasó entonces a ser el mozo de una finca en Tenosique.

Mi papá odiaba a su papá y se dedicó siempre a contrariarlo, principalmente, defendiendo el territorio. "Yo mato a quienes maten a los hijos de los ocelotes que mató el lagartero", su trabalenguas era de pura muerte. La defensa del territorio se mezclaba en el chiquero de sus recuerdos y sus rencores. El abuelo Francisco, según mi papá, decía que él no había escogido ser lagartero, sino que le tocó. Mi papá no creía en eso.

En la familia teníamos una larga tradición de odio en línea recta. Antonio, el papá del lagartero, había sido niño esclavo en una montería. El lagartero lo detestaba. Un enganchador español se lo había llevado a los trece años con la promesa de que, un año después, podría regresar con dinero para construir una casa para la familia. Le mintió.

Antonio sobrevivió a su condición de esclavo por su juventud. Trabajó como hachero cortando madera de caoba y luego conduciendo los bueyes que arrastraban los troncos al río. Había intentado escapar de la montería, pero la selva lo venció. Los capataces lo encontraron al borde de la muerte, deshidratado y alucinando por la mordedura de algún animal. Lo devolvieron a la montería y apenas se puso de pie, lo sometieron de nuevo a trabajos forzados. En la única comunicación de parte suya que recibieron durante los diez años que estuvo perdido, el mensajero le dijo a la familia que Antonio sentía más terror al pensar en cruzar de nuevo la selva que en los trabajos en la montería. Pudo salir de ahí cuando llegaron los sindicatos, pero ya estaba tocado.

Había una foto suya en el armario de mis padres. Un maya bajito y moreno parado junto al río, con la cara más triste que yo he visto en todos mis días en esta tierra. Según mi papá, en la foto tenía cuarenta años, pero para mí tenía cien. Toda la vida pasada por el gesto feo.

Los oficios en la selva eran mortales. O te mataba la propia selva o te morías defendiéndola. Lo digno era morir por ella, como don Leandro Zepeda, mi señor padre, que fue una leyenda en la región, o como Francisco Zepeda: luchando contra un cocodrilo, y no como Antonio Zepeda, que murió desnutrido y loco, o como Jimeno Zepeda, el más viejo del que yo tenía registro del linaje de mi papá, que murió de una infección en la sangre. Yo moriría en el olvido o extinto, como mi hermana Meche auguró cuando mataron a mi papá. "Se lo merecía, igual que todos nosotros". Había que ponerle fin al linaje maldito. Eso hubiera aparecido escrito en el *TVyNovelas*: *Príamo Zepeda se pega un tiro y pone fin a su linaje maldito.*

Mercedes me dirigía la mirada a los problemas con el río, siempre indirectamente, porque a ella, por ser mujer, no le tocaba la defensa de la tierra, pero porque la vida es como es, era la más inteligente de todos los hermanos y la única que entendía a cabalidad lo que estaba pasando.

Una mañana, antes del acabose que fue ver llegar las grúas al río, habíamos desayunado unos huevos con salsa a la sombra del truhán del Epigmenio Jiménez. Nos habían dado el amparo y protección de la justicia federal y habían suspendido la obra de las presas porque la constructora había hecho las cosas mal y no había presentado el documento de impacto ambiental que se necesitaba para los permisos. La justicia existía. La ley decía que, sin ese documento, no se podía construir, así que no era letra muerta, el juez nos había creído, las gallinas comían el maíz que les había llevado, Mercedes tendía la ropa y el río había sobrevivido a otra batalla.

Juan de Dios, el benjamín de Meche, su cumiche, su xocoyote, su bebé, se había quedado enfermo con calentura en la casa, y Mercedes me pidió que lo acompañara en lo que ella terminaba el quehacer. Yo accedí porque estaba feliz y dichoso y me fui a tirar con el niño a la hamaca. Juan de Dios, que parecía un santo con tanta temperatura, me pidió que le contara una historia. No le conté una de Disney porque el niño estaba en edad de aprender.

"Hace muchos años, vamos a decir unos mil setecientos, los mayas construyeron sus primeros templos a orillas de nuestro Usumacinta. Lo que no sabían los pobres mayas era que Tecumbalam, un pájaro gigante y de plumaje magnífico que encarnaba las fuerzas del caos y de la destrucción, les observaba desde su nido en las alturas. Si los mayas disgustaban a sus dioses, Tecumbalam los desgarraba con su pico y sus patas inmensas, y cuando los dejaba sin carne, se llevaba sus huesillos para su nido". Juan de Dios se me quedó mirando, espantado, "¿era malo ese pájaro?".

"Pues tan malo como un huracán o una tormenta".

"Pues bien malo", dijo recargándose en mi hombro.

"Así que los mayas hicieron sus ciudades a orillas del río y pronto comenzaron los pleitos entre pueblos por el control de las rutas comerciales. Cuando Tecumbalam vio que se mataban entre ellos, bajó y los encaró. Primero, haciendo un aire bestial con esas alas ahuecadas y largas, y los hombres y mujeres salieron volando por el aire hasta quedar colgados en las ramas con los monos y las guacamayas. Luego, se agitó fuerte, revolviendo y esparciendo las cosas y las casas y los cuencos y las figurillas sagradas por todo el territorio y hasta el fondo del río, donde todavía hay máscaras de mosaico y jade con los ojos abiertos".

Ya para ese momento, Juan de Dios estaba dormido y solo la Meche me escuchaba sentada en el piso al lado de la hamaca, tomada de la mano del niño.

"Otras comunidades Mayas rivales escucharon sobre Tecumbalam y su encono por la guerra entre personas, y apanicados por las historias de hombres destripados en el caos, hicieron las paces".

Mercedes nomás me echaba ojos, como diciendo "este cómo inventa", pero yo podía ver que estaba contenta escuchando, así que seguí. "En el 1920 ya no había mayas, pero estaba tu tatarabuelo Antonio en la ciudad de Palenque. Ese tatarabuelo, según me contó tu abuelo Leandro, avistó una vez a Tecumbalam en miniatura. Dijo que los dioses mayas seguían entre nosotros, pero se habían hecho mortales, porque sus pueblos protegidos habían desaparecido y con ellos los atributos mágicos de sus deidades".

"Ya no desperdicies la saliva contándole mentiras a un niño dormido".

"No son mentiras, Meche. Cuando Antonio fue el guardián de Palenque, una noche de luna vio a Tecumbalam con sus ojos amarillos, la cara verde y azul y el pico como una sierra eléctrica a punto de descabezarlo".

"Son guardianes los que están tallados en las estelas. Antonio era el cuidador y no un guardián maya, como tú lo pintas. Qué va a hacer un hombre solito en esos templos. Puro ocio. Seguro se comía los hongos pajaritos y por eso veía a Tecumbalam. Mejor cuéntame qué pasó con la supuesta consulta indígena para el famoso juicio".

"¿Qué consulta, Mercedes?".

"Me dijo la vecina que vinieron unos hombres a las casas junto al río y les ofrecieron cosas a cambio de firmar el acta".

"¿Hace cuánto pasó eso?, ¿qué acta de qué o qué?", dije parándome de la hamaca como resorte. El pobre niño rodó hasta el mero vado en la hamaca y casi se da con el piso de cemento.

"El viernes. Y el acta es de la supuesta consulta local, Príamo, ¿cómo?, ¿no sabías?", dijo mientras acomodaba a Juan de Dios en diagonal a la trama de la hamaca. "Hasta el francés se va a ir porque le ofrecieron reubicarlo en una comunidad con drenaje cerca de Palenque".

"Me lleva la chingada, Mercedes. Ya van a refrendar sus tratos malvados con la gente".

"Espabílate, Príamo", dijo mientras se sacudía la falda y revisaba la hora. "Encargo al niño con la vecina y vamos a averiguar a Cris. Levanta en lo que vengo. No te mides Príamo, de veras".

La vecina accedió a quedarse con Juan de Dios y nos encaminamos río arriba hasta la comunidad de Crisóforo Chinas, donde había sucedido el soborno. Yo venía dando grandes zancadas sobre la tierra de la vereda, echando vituperios, y la Meche casi corriendo atrás de mí con los pasitos cortos que le permitía su falda recta y sus guaraches, echándome bronca, con la respiración entrecortada, diciendo que qué ingenuo había sido si pensé que el problema se había acabado con la suspensión de la obra, que era ingenuo y también menso, si apenas empezaba el problema, y que sabía de historia, pero que no ponía atención, que no había visto bien la historia, que no había visto bien la selva, que si estaban sobornando en Crisóforo, qué estarían haciendo en Frontera Corozal, en Bethel, Nueva Palestina, San Fernando, en el Chorro y las demás comunidades en Yaxchilán.

Me concentré en el sonido del río. No me hacía falta que me regañara mi hermana menor. Con la sombra de don Leandro Zepeda tenía suficiente. Él había sido mejor defensor de la tierra que yo. La selva siempre primero, aunque a su familia nos cargara la chingada. Yo no quería ser ni narco ni el pendejo de nadie y resultó peor.

Llegamos a Crisóforo, y golpeé recio en la puerta del francés. Sus perros se pararon perezosos para pegar un par de ladridos guangos y se volvieron a tirar a la sombra del tejado. El francés era un arqueólogo que había llegado a Tenosique con una expedición en los años noventa y se había quedado dizque fascinado con la selva y casado con una lacandona cuarenta años más joven que él. El francés abrió apenas un filo de la puerta.

"Don Prríamo. Qué lo trrae porg aquí". Estaba viejo y batallaba para mantenerse en pie. Parecía borracho. Le dije que queríamos hablar con él sobre el proyecto de las presas y pregunté si nos dejaba pasar. El viejo levantó la mirada, fastidiado de antemano, y nos abrió la puerta para dejarnos pasar. Sus cosas estaban en cajas de cartón y había un catre en una esquina. Se me hundió el corazón. Él se sentó en una mecedora y nos ofreció el catre para sentarnos. "Mi mujer va a poner café".

Llevaba más de cuarenta años viviendo en Crisóforo, pero seguía teniendo un acento espeso y sudando como marrano. Su cuerpo no se asimiló tan fácil como su conciencia. Le repetí lo que la vecina le había dicho a la Meche y reconoció que era cierto. Le habían ofrecido un terreno en la nueva Nayarit. "Y no en propiedad social sino privada". Nos dijo que él ya no podía vivir en Crisóforo porque era viejo y necesitaba servicios médicos. Hablamos largo rato. Mercedes hizo las preguntas importantes. "¿Qué les dio a cambio?".

Su firma de anuencia como líder de la comunidad para instalar en su terreno y los aledaños, un campamento provisional para los ingenieros de obra y, eventualmente, la propiedad. Mercedes pidió ver la copia. En el encabezado decía: Acta de la Consulta Indígena Tal y Tal.

Me quise morir. Quería partirle su madre al francés advenedizo, pero Mercedes me pellizcó y me dijo bajito: "No es su culpa, ya vámonos", y nos salimos de ahí al mero río furioso, salpicando en el muelle y el sabor amargo del café quemado en la pura lengua. Era tiempo de aguas revueltas.

Tocamos en la casa de al lado. Había pasado lo mismo en todo Crisóforo Chinas. ¿Por qué yo no me cruzaba nunca con los que venían a ofrecer a la gente terrenos paradisíacos en lugares imaginarios? ¿Por qué nadie me ofrecía nada a mí?

Nos quedamos sin palabras hasta que Mercedes se animó a romper el silencio: "Voy con mi niño, Príamo. Ahí me cuentas al rato". Se subió las enaguas y escaló el deslave hacia la vereda. "Nomás no te conviertas en don Leandro".

"Ni que pudiera", dije bajito y me seguí por el caserío hasta llegar a la iglesia evangélica. Las puertas estaban abiertas. Me tallé los ojos. Resoplé. Miré para todas partes. Pura miseria. Me animé a entrar y me senté en una de las bancas de atrás. La iglesia era parecida a un salón de clases, con sillas y bancas alineadas en dirección a la imagen, pintada a mano, de una humilde cruz azul neón, detrás de una mesa blanca con bromelias frescas.

El maldito francés se llevaba a toda su comunidad a la Nueva Nayarit, por Palenque, en la ruta del Tren Chol y que tendría el atractivo turístico de un museo Maya. Todos los desplazados de Crisóforo tendrían licencias para vender curiosidades y comida en las proximidades del museo. Me imaginé al francesito tullido, recargado en una palmera con su cigarro y su sombrilla, dirigiendo a una flotilla de mayitas en la venta de parafernalia de los pueblos prehispánicos, como le gustaba llamar al paquete completo para incluir incas o zapotecos. No fuera a ser. No habría leído el periódico en cinco años; porque si lo hubiera hecho, sabría que el tren tenía poca afluencia y que Palenque era un hervidero de negocios informales que vendían, sobre todo, *souvenirs* del mundo maya.

Entró una muchacha en la iglesia cargando una cubeta y un trapeador y cruzó hasta el altar. Yo bajé la mirada y me hice pequeño en la banca. No quería incomodarla. La muchacha se puso a trapear mientras chiflaba una canción.

Quizá el francés nomás quería irse a morir a algún lugar en donde supiera que su cuerpo tendría sepulcro y no aquí junto al río. Las familias más pobres mantenían el cuerpo de sus difuntos envueltos en su casa, iban las vecinas con flores y niños a llorar, a dar sus pésames, a ofrecer su ayuda, y al segundo o tercer día el cuerpo desaparecía, y como todo lo que desaparecía por aquí iba a dar al río. El francés no estaba a gusto con acabar en el agua. Esa era mi intuición. Ya había hecho mucho al atrancar en Crisóforo y sacarse su estatus europeo como para encima acabar entre las algas, sin ojos, abotagado, comido, podrido, debajo de un meandro, atravesado por palos, despellejado y desmusculado. Aquí la relación con el río no era de placer o de negocio, sino de necesidad. ¿Qué le haces al cuerpo si no? El río éramos nosotros y nosotros éramos el río, y yo me consolaba pensando que somos materia orgánica. ¿Qué más da ir a parar al río o a la tierra? Igual te devora el tiempo.

Además, la raza humana es una pestaña en el ojo del tiempo geológico. Pensar en eso me ponía la piel de gallina. Haciendo cálculos, por más equivocados que estuvieran, los mayas habrían ocupado la región unos ochocientos años. Si suponemos que otros homínidos antes ocuparon este mismo territorio, pongamos otros mil o dos mil años, el cálculo general de nuestro paso por el río y la selva era de unos cuatro mil o cinco mil años. Supongamos, además, como la Meche, que en efecto nos extinguimos en otros dos mil o cuatro mil años, pues ya estuvo, pero ¿cuánto tiempo llevaba ese río ahí? ¿Cuánto tiempo pasó sin nombre? Con toda honestidad: sepa la chingada. Si pudiera hablar la mismísima agua, tendría más cosas que decir acerca de los dinosaurios que de los mayas y más de los mayas que de nosotros y más de nosotros que del cabrón francés. Si tomamos en cuenta que la tierra se formó hace unos cuatro mil millones de años y que, según internet, los dinosaurios habitaron este planeta hace entre 250 millones y 65 millones de años. Así que por más que nosotros seamos el río y nos guste pensar en los mayas y el río como inseparables, el río y los mayas tienen poco de historia juntos. Como la historia que pudiera yo, en teoría, compartir con un trabajador con el que viajé en la camioneta hace dos semanas, del cual no me acuerdo. Ni siquiera sé si existió o me lo imaginé. Es más difícil concebir esta otra cosa: el río no tiene historia porque la historia es de las personas. Maldito francés.

Al caer la tarde me encaminé a casa de Meche. Quería hablar con ella para que me diera guía en cómo enfrentar la situación y, en el peor de los casos, emborracharme con el compadre.

Mercedes sabía que me había asesorado para presentar la demanda de amparo el licenciado Mendoza en Jonuta, una ciudad ribereña más o menos alejada de Tenosique, y lo había hecho gratis. Mendoza había sido también abogado en la defensa del territorio contra el Tren Chol, que terminó enterrada en la burocracia judicial de aquella administración. No le fue bien, pero no fue su culpa. En eso andaba pensando en el camino a casa de la Meche, en que Mendoza era un buen abogado, pero no tenía el apoyo de nadie, o de nadie con influencia en la justicia, y yo no podía molestar a Mendoza cada vez que pasaba algo, sobre todo si no se podía probar. En Crisóforo, nadie me quiso prestar sus actas porque tenían miedo a que les retiraran la oferta de llevarlos a la Nueva Nayarit.

Llegué a casa de Meche para platicarle mis reflexiones y me encontré a las gallinas por todas partes, hasta en el camino. Entré a la casa y eché un grito, pero nadie contestó. Me metí en el cuarto y no había nadie, me asomé por la malla a casa de la vecina y eché otro grito: "¿Hay alguien?". Salió la mujer cargando a una cría que no era Juan de Dios y me dijo que la Meche se había ido a Tenosique con el niño. Que no le bajaba la temperatura.

"Pues qué pasó", pregunté.

"Apenas se fueron usted y doña Mercedes a Crisóforo, el niño empezó a vomitar. No supe qué hacer y me quedé esperando. Cuando regresó doña Mercedes, el niño estaba peor. Se lo echó al lomo y de suerte pasó la camioneta".

Me fui para el camino a esperar. Casi a medianoche llegué a la clínica en Tenosique. Juan de Dios estaba envenenado con floripondio. Le hicieron un lavado estomacal y dos rondas de carbón activado. Me quedé con Mercedes en la clínica, durmiendo en el piso. El compadre le avisó a la Mari. Mercedes no me dirigió la palabra en dos días, como si yo hubiera envenenado al niño. Cuando dieron de alta a Juan de Dios, mi compadre nos pasó a buscar y lo sacudió para que le contestara cómo fue que se comió el floripondio que colgaba del árbol a varios metros del pasto. El niño dijo que él no se había comido nada. Qué iba a decir después de ver la cara de perro endemoniado del compadre, con los ojos rojos y escupiendo al hablar.

Llegamos a casa de la Meche en la camioneta con el niño desguanzado y verde, más flaco que Cristo Rey. Sentía el cuerpo envenenado yo también, pero de otra cosa. La boca me sabía feo. Seguía pensando en Crisóforo, en lo poco que conocía a la gente de mi comunidad y, peor aún, en lo poco que podía hacer contra la bestia del dinero.

Mercedes y el compadre se fueron con el niño al cuarto para descansar, y yo conecté el celular para avisarle a la Mari que ya iba para la casa. Pero en cuanto se encendió la pantalla, me entraron unos mensajes del licenciado Mendoza:

1 octubre 2030

Príamo, hay actividad en el expediente. No son buenas noticias.

Presentaron su Declaración de Huella Antrópica tardía y tenemos que ir a ver qué dice. Se basaron en los precedentes del Tren Chol. Llámanos y ve pensando en venirte. A ver si no levantan la suspensión.

2 octubre 2030

¿Dónde andas? Estamos preocupados por ti. Contesta los mensajes. ¿Te pasó algo?

Marqué el teléfono celular y me atendió. Le expliqué lo que había pasado con mi ahijado, pero Mendoza no quería el detalle del niño. Con saber que no me habían levantado era suficiente. Que no me habían matado. Que no estaba amarrado y en la cajuela de un coche, en el fondo del río o colgando de un árbol.

"Ya se están defendiendo los de IBAK. Hay que hablar con el juez, pero necesitamos dinero para ir a México a presentar la contestación".

Los cinco mil pesos que guardé para quitarle los quistes a la Mari hubo que ocuparlos para Juan de Dios en la clínica. No tenía para el autobús ni para los gastos del día siguiente. Tenía que ir al aserradero con el compadre a trabajar dos jornadas o pedirle a la Mari.

Mercedes me hizo una bolsa con tortillas y elotes. Ya no le di las noticias de Mendoza porque no estaba para más problemas. Tampoco le dije nada a la Mari. Me vio llegar y nomás me abrazó. Me hice el digno. El que estaba preocupado por Juan de Dios, y sí, pero también por el río. No le comenté sobre lo sucedido en el expediente. Le di la bolsa y me fui pal camino en lo que ella hervía los elotes. Cuando llegué a la esquina, le pedí, en un mensaje, al Mendoza que me ayudara a hacer una colecta en Jonuta y aceptó. Mientras tanto, pedí ayuda económica en Tenosique a la asociación de lancheros. El jefe de lancheros era mi primo David y él siempre era generoso con la causa. Quinientos los puso la mamá de Mendoza y quinientos los de la asociación.

Al día siguiente me fui pal aserradero. De nada habían servido mis preocupaciones y poco podía hacer por Mendoza desde mi casa o la de Mercedes, con poca señal de internet, sin acceso a pruebas de ningún tipo, sin información completa sobre lo que habían ido a hacer los tipos esos a las comunidades que querían desplazar. ¿Era ilegal convencerlos con mentiras y hacerles firmar una consulta popular chunda? Sepa la chingada.

A media jornada estuve cerca de mocharme un dedo con la sierra eléctrica. En la mañana casi le parto el pie al compadre con un hacha. Me pidió que me fuera para mi casa. "Yo te dono lo de hoy y te lo llevo más tarde. Prefiero estar pobre que cojo, pinche compadre. Le voy a decir al capataz que te llamaron de la oficina del biólogo en Tenosique".

Me rebusqué los bolsillos, junté para una caguama y me fui caminando en el sentido opuesto a la casa.

Del aserradero para arriba, el camino se hacía angosto, y la selva se apretaba. La gente decía que bien arriba, donde no veían la tierra más que las águilas, había un centro de comando del crimen organizado. Que ahí llevaban a matar y torturar gente, que entrenaban a niños sicarios, que tenían un lugar para los animales que se robaban de la selva y después vendían a las familias de los narcos. Que las jaulas colgaban de las ramas de los pochotes. A la gente le gustaba imaginarse las cosas más retorcidas, aunque fueran imposibles de hacer, como subir esa colina con camionetas blindadas llenas de jaguares y niños sicarios. Ahí no subía ni dios; no porque no quisiera, sino porque era casi imposible poner un pie delante del otro en el lodazal de la selva, que no tenía camino ni para serpientes. Si acaso los saraguatos que colgaban de los árboles podrían andar en esa dirección, pero por tierra; si no eras gato o lombriz, nomás no había modo.

Me senté en el huequito de las raíces de una ceiba y me puse a pensar. Con la selva pasaba algo distinto que con el resto del territorio. Podía hacerse un círculo en un mapa y decirse aquí hay selva, pero esa idea era engañosa. Pocos la conocían como para decir aquí empieza y aquí termina. En este tramo hay esto y aquí colinda con aquello. Así no funcionaba la selva porque estaba toda trenzada. Se iba creando. Quién sabe cómo aparecía y cuál era su propósito. Por eso nadie se proponía en un día normal entrar a la selva nomás porque sí. No era sencillo de explicar o comprender. Quizá solo estando tiempo en los caminos y en el río, sin decir demasiadas palabras, era posible concebir la selva como el estómago que era. Un organismo que respira, separa; lo vivo lo pone muerto, y lo muerto, vivo. En la selva se levanta un polvo dorado y electrizado. Una vez ahí, no era posible seguir siendo como uno era en su vida normal. Uno era digerido. Había gente que pasaba toda la vida en los márgenes de la selva sin jamás entrar. Gente que había visto cosas ahí que nadie más; colores y formas de los que no se tenía noticia en el resto del mundo y por eso no se podían describir. La selva, si se aplastara con la mano, en lugar de quedar plana, quedaría hueca y negra y llena de ese sonido inaudible del que no puede decirse nada.

Me entró la sensación de estar perdido y, para acompañarme, abrí la cerveza con el cinto. Si me pasaba el rato ahí, quizá podría pensar en cómo ayudar a Mendoza. No estaba selva adentro, pero casi. Había cruzado la raya en el mapa.

Me miré los pies enchancletados. Los tenía mugrosos de muchos días sin baño y callosos de toda una vida a pie. Mis dedos parecían cucarachas de tan asoleados. Me saqué la mugre, la hice bolita y la eché en la cerveza. Le di unos tragos y sentí la bola de tierra y pellejos cruzar mi garganta. Bien ridículo: quería ser un poco más selva que persona. Me comí a mi papá, pensé. Don Leandro se sentía que él era la selva, era los jaguares y los pochotes y hasta los bichos. Luego, esa tierra seca, que se rascaba de los pies con una ramita antes de dormir, la echaba a las orillas de las macetas de mi amá dizque para fertilizar. "Lo muerto fertiliza", decía, y echaba sus pellejos.

Crucé los brazos y recargué la frente. Tenía un presentimiento negro. Van a ganar. Que se te haga la boca chicharrón. Me terminé la caguama y me paré desorientado. La luz empezaba a escasear. Me fui pal camino sintiendo dolor en el cuerpo de la pura tensión y me acordé de una noche en que mi apá me dio de latigazos. Se había enojado porque Mercedes le dijo que yo me había llevado su libro de estelas mayas que le había regalado un arqueólogo, dizque importante. Un británico que se lo había dedicado: *A don Leandro, agradecido por su guía en la selva*. Me lo llevé porque lo quería leer, pero lo pensaba devolver antes de que él llegara. La chismosa de Mercedes le fue a decir hasta la cantina, y él, bien borracho, se había parado con su látigo y se había ido para la casa a mortificarme. Mercedes nunca me explicó por qué. Yo creo que por puros celos. Cada quien tenía su relación con don

Leandro, y esa relación nos pedía lo que nos pedía. Ya todo latigueado, se lo devolví y le dije: usté ni sabe leer. Me dio otra ronda de látigo y se fue de vuelta para la cantina.

Llegué a la casa bien desguanzado. La Mari estaba al teléfono con un cliente y me saludó con la mano y me cerró la puerta de la covacha en la cara. No era una bodega, sino el cuartito que habíamos construido pal inodoro, que aún no poníamos porque ni falta hacía. La Mari estaba vendiendo pastillas de sal para evitar calambres a los trabajadores del aserradero y se había montado un escritorio en ese espacio diminuto.

Saqué del cajón una foto de mis padres. Don Leandro se veía borracho. Descamisado, con su barriga monumental, recargado en mi amá, que era pequeñita y que sufría sus borracheras más que todos nosotros.

Años después de los latigazos, vinieron las iglesias evangélicas a Tenosique y a los caseríos de la cuenca, y un predicador agarró a don Leandro para que dejara de tomar. Yo no era creyente, o quizá sí, pero las supuestas organizaciones de Dios me daban ñáñaras y solo me sirvieron para dormir en las noches, porque ese predicador convenció a don Leandro de dejar de consumir el elixir del diablo, y hacia el final de su vida don Leandro se volvió abstemio y empezó a cantar. Venía junto con pegado con esas iglesias de la luz de Dios. Dejó de beber y qué bueno, pero igual no dejaba dormir por andar cantando.

Mi carrera había sido una ratonera. Me dolían las tripas. Los pasantes fueron sus cómplices. La marihuana solo fue la maniobra para parecer coherente y justo, un gran señor, mentor, sabio abogado de la vieja escuela que premia y reprende conforme a las reglas no escritas. No había lógica en correr a tu mejor litigante por algo que puedes ignorar. Muerte, muerte, muerte, muerte. Algo más había sucedido. La traición se cobra con venganza. Los ejemplos son cotidianos. Fuego al fuego. ¿Por qué me echan? ¿Seré incompetente? ¿Seré poca cosa? ¿Me odian? ¿Me temen? ¿Seré una inútil que solo exige y no da nada? ¿Seré mi padre?

Me senté frente a la pantalla y golpeé tres veces con los dedos índice y medio la barra espaciadora de mi teclado. Apareció una leyenda: *sin acceso*. Estaba pasando. Me estaban corriendo del despacho cuando debieron hacerme socia. Me tapé la boca con las dos manos y me mecí. Contra todos mis instintos, había confiado en Silva. Imaginé a Molina sentado en mi silla, revisando mis expedientes. Abrí los ojos. Mi mente intentaba comprender por qué, por qué, por qué, por qué, pero no era el momento ni el lugar. Me tomaría tiempo entender. Ante la rabia, el método. Camisas blancas. Una ruta crítica. Cruzar puertas que pronto se cerrarían. Silva temía por su base de datos. Por eso me denegaba el acceso. Yo la tenía duplicada y actualizada en mi propio universo digital desde que entré en el despacho. Ese no sería un obstáculo. Piensa, piensa, piensa, pero no aquí. Claro que habría una venganza, pero no la escogería él.

Saqué mi llave digital y la dejé sobre el escritorio, guardé mi teléfono, apagué la luz, caminé por el pasillo, tomé el elevador, salí a la calle y me metí en el coche. Atravesé el fuego como una hormiga. Manuel me miró por el retrovisor. Había sido militar y se comportaba elocuentemente. No hablaba fuera de turno, no hacía expresiones faciales, no hacía preguntas. Le pedí que diera vueltas por Polanco en el coche y me recosté en el asiento trasero. Muerte, muerte, muerte. No me iba a robar clientes. Piensa. En todo caso, destruirlos.

Tac, tac, tac, gotas de agua en el techo del coche. Una franca tormenta. Los limpiadores rechinaban. El techo rugía. Silva no me conocía, cosa extraña, habiendo exprimido mi oficio, mi ambición, mi talento. Su machismo era infinito. Al día siguiente publicaría un comunicado: "Por causas que a este despacho no compete hacer públicas, blablablá, y que no obstante lamenta, blablablá, la licenciada Corona abandona su cargo como asociada en Silva y Molina a partir del…".

Me senté, me acosté de nuevo, abrí la ventana y me mojé la cara. Las noticias hablaban de una manifestación en Reforma por el precio de la gasolina. "¡Extremistas! ¡Radicales! ¡Terroristas! El tráfico iba parado. No podía seguir dentro del coche sin gritarle a Manuel. Tomé el paraguas y le dije que le marcaría más tarde. Abrí la puerta y metí los pies en un charco entre los coches. Puta madre. Caminé varias cuadras bufando y maldiciendo, con los zapatos empapados, croando como sapos, buscando una cueva, un salvoconducto, un árbol, un techito, un hoyo dónde ocultarme y me encontré con el cine Diana. La misma pocilga que había sido en mi juventud. Compré un boleto para la matiné. Un documental sobre la naturaleza, la única película corriendo en ese momento. Entré en la sala vacía. Una sala de mierda, como todo en el cine Diana y me desparramé sobre un asiento en la primera fila y me atraganté el primer espasmo del llanto. Aventé los zapatos hacia la pantalla y me sequé los pies en la alfombra sucia. Me tapé la cara con los brazos y lloré con la boca abierta. Muerte, muerte, muerte. El sonido gutural de mi llanto se asimiló al de unos monos que colgaban de ramas en la pantalla. Monos aulladores. Gritos ahogados. Lloré con el pecho y con los hombros. Tomé posición fetal en el asiento. El llanto del mono era una cosa horrible. Gente quemándose en un incendio. Un eructo largo.

Un pájaro negro y lustroso con cola de abanico apareció en escena. Bailaba para seducir a una hembra gris, que le miraba sin moverse. Sonaba una polca. "La hembra no está interesada". Tragué mocos. Me habían traicionado. Vi el celular. Ni un solo mensaje. Me permití un último lamento. Una ululación final. Dejé de llorar y me senté.

"Esta chimpancé es algo suelta. Se aparea con todos los machos de la manada", dijo la voz. Para una persona sin instrucción en vida animal, parecía más una violación múltiple que un apareamiento. ¿Qué haré la semana que entra y en un mes y en un año y en diez? Unos leones caminaron perezosos entre árboles hasta encontrar un rincón agradable para seducirse, frotarse, montarse entre sí. "Los machos ensayan sus actividades sociales y establecen quién es el Alpha, que a su vez será quien tenga derecho a la hembra". Me soné la nariz y pensé pinches jotos.

En la pantalla, de nuevo los monos, esta vez el Alpha se comía a una de sus crías; según la narración, para evitar que un mono más joven y fuerte lo expulsara de la manada, se apareara con las hembras, etcétera. Luego unas hormigas africanas devoraron lo que quedó del cadáver del infante.

Con los primeros visos de quietud, pensé en los tribunales. No se presentaba como una idea formada, sino como una instrucción. El expediente de La Esperanza, concretamente. Tribunales. "La fauna de la selva en África occidental está en peligro crítico. Una gran extensión de selva ha desaparecido por la agricultura de roza y quema. La caza, la tala, la minería y las guerras civiles son las principales amenazas". Qué oportuno.

Le escribí a Manuel para pedirle que pasara por mí. Me puse los zapatos húmedos y salí del cine. Había dejado de llover y el cielo estaba despejado. Me senté en la banqueta a esperar y llamé a Nuria, mi hermana. Necesitaba a alguien que pudiera darme seguridades, aun si yo misma se las sembraba en la boca.

Nuria y yo teníamos en común los traumas de la infancia y eso daba para conversaciones largas y complicadas, que no resolvían nada, pero que nos aportaban la satisfacción de transigir con los horrores familiares que cada una sufría desde su rol en ellos, que no podían evitarse o desaparecer, sino solo hablarse hasta el hastío.

Contestó llorando. "Qué bueno que me marcas, Marci. Estoy mal".

Rodé los ojos. No tenía tiempo para que ella estuviera mal. Resultó que se había peleado con su exmarido por los hijos.

"Los compra con vacaciones en Miami. Quieren vivir con él. En su casa hay tres empleadas y en la mía solo hay una. No sé ni quién soy". Dijo con la voz derrotada. "Y ahora mis hijos también me dejan. Todos me abandonan, como mi papá a mi mamá".

Me daba rabia su drama. Mi papá se fue cuando yo tenía diez años y Nuria estaba por nacer. Al parecer no había querido ser padre de nuevo y mi mamá lo había forzado. Eso decía él. Yo cargué con la pena de mi mamá y con la crianza de mi hermana. Nuria comía y dormía. Mi mamá fumaba y bebía. La que había sufrido era yo, y, sin embargo, se quejaba ella.

"Van a volver, ya verás". Lo dije por decirlo. En realidad no tenía idea si sus hijos volverían o si eso era lo que Nuria quería. Lo que yo necesitaba era hablar sobre mi situación, pero no tuve de otra. Esperé a que terminara con la suya para soltar la mía.

"Lo siento, Nuri. Todo se va a resolver".

"Gracias por llamarme".

Guardó silencio y le conté los sucesos de ese día. Necesitaba un recipiente dónde verter mi veneno. Se me ocurrió invitarla a visitarme, pero no respondió o no escuché, porque vi mi propio coche acercarse. Manuel bajó corriendo y abrió la puerta trasera. Me acomodé en el asiento, tapé la bocina y dije: "A tribunales, Manuel, gracias".

Me tomó unos segundos pensar.

"Nuria. No te puedes dejar derrotar así. Tengo una idea. Vámonos de vacaciones. Yo invito. ¿No te fuiste a Chiapas con el Greñudo que te encantaba?, ¿qué río era ese que navegaste con él?". Nuria no contestó de inmediato, y pude imaginar su sonrisa del otro lado del teléfono.

"El Usumacinta".

"Ah, mira, qué coincidencia. Litigué un asunto ahí. O sea, no ahí, pero con consecuencias ahí".

"Me contaste del asunto de las presas. ¿Ya se te olvidó? He pensado mucho en ese juicio. ¿Se van a construir?".

"Se van a construir, es correcto. Pero a ti qué más te da".

"Pues cómo que qué más me da, si ahí perdí la virginidad".

"Yo no sabía eso".

"No nos llevábamos en esa época".

"¿Y el Greñudo bien o más o menos?". Nuria soltó una carcajada y me vino a la memoria el evento en el que mi papá le gritó *puta*. "Eres una puta que se va con cualquiera". Cuando mi papá volvió a la casa, se tomó la atribución de educarnos a gritos e insultos en su moral pueblerina. Mi mamá no se opuso, y el día que Nuria llegó de su viaje con el Greñudo, le gritó *puta* desde el sillón de la sala, como si su declaración no ameritara estar de pie. Nuria estaba abriendo la puerta de la casa, volviendo de ese sitio que, apenas me entero, era el río Usumacinta.

"Estás castigada por piruja".

Nuria frunció los labios y retuvo el llanto. Tenía el pelo enmarañado y la cara asoleada. Fue valiente y se talló los ojos sin quebrarse. Mi papá dijo de nuevo: "Puta, cualquiera, vete a tu cuarto". Ella abrió la boca para defenderse, pero solo jaló aire, se irguió y caminó a su cuarto. Mi mamá no dijo nada. Yo no dije nada, y mi papá cambió el canal de la televisión.

Manuel me pidió que bajara del coche. "Nuria, estoy llegando a tribunales. Vámonos a Chiapas. Podemos ir a visitar el sitio donde perdiste la virginidad".

"En Yaxchilán, entre una ceiba y una cueva".

"¿Es en serio?".

"Sí. Fue mágico".

"Al rato te mando vuelos. Nos vamos esta semana".

Colgué antes de que pudiera decir algo. La conocía y colgar así la dejaría sin alternativa. En unas horas me diría que sí.

Bajé del coche y caminé por los pasillos y vestíbulos de concreto martelinado de los tribunales con la perspectiva de no trabajar en Silva y Molina. Me dolían las costillas de pensarlo.

Los cilindros de las escaleras servían para cruzar miradas y saludos con otros abogados postulantes, jueces y magistrados. Así se sabía quién estaba vigente y, por ausencia, quién había caído en desgracia. Yo ya era una intrusa del segundo grupo y pronto mi fantasma, en su forma de chismes y corrillos, se haría sentir.

No podía imaginarme fuera del despacho. Mi mente se iba a negros. No podía visualizar mi cuerpo, mi casa, mi entorno, si no era en el contexto que conocía. Sentía rencor, desprecio, pánico, pero tenía clara una cosa. Aunque no viera por dónde caminar, me llevarían mis instintos, y valía la pena tomar la precaución de recabar material.

No me detuve en la entrada al llegar al tribunal. Vi al magistrado por la apertura y lo saludé. "Se ve más joven, magistrado. ¿Qué se hizo?".

Me dejó pasar con una gran sonrisa. Alabé su trabajo en la sentencia de las presas. Me dijo que me veía cansada. Le inventé que estaba estudiando un nuevo asunto que me tenía las noches en vela.

Me miró, levantando las cejas.

"Voy a solicitar por escrito una copia del expediente para los archivos del despacho".

"Qué anticuada, abogada. ¿Por qué no consulta el juicio en línea?".

"Me gustan los expedientes en papel", inventé, "a la vieja usanza". No podía decirle que el despacho me había cancelado el acceso en línea.

Asintió con desgano. Hacer copias de un expediente era una barbarie, pero había otros como yo, y el Tribunal no se podía negar, aunque le generara trabajo innecesario.

"Dele trámite al escrito de la Lic", le dijo el magistrado al secretario proyectista.

"Lo voy a solicitar en línea".

"Oh, qué la..., ni quien la entienda, abogada. Ya usted sabrá. ¿Quiere pasar?". Acepté la invitación y hablamos sobre lo que podía seguir en el amparo. Coincidimos con que, si bien había caminos para revisar la sentencia, y muchas posibles demandas qué disparar por otros conceptos, Príamo Zepeda no tenía una representación fuerte y no daría con ellos.

"Todos queremos que siga la construcción porque la energía está escasa y esa región ocupa desarrollo".

¿Quiénes seremos todos? El Magistrado era amigo del poder. "Ahora que si un abogado sesudo agarra el asunto, pues habrá que armarse bien, licenciada Corona, porque puede demandar por muchísimos conceptos".

Crucé de nuevo la plancha central. Manuel caminaba unos pasos detrás de mí. Ya en mi casa despaché a Manuel y me metí a bañar. El tobillo me sangraba. Hay que ver la ironía. Me acosté en la tina. Pedí sushi, fumé mariguana y me tiré en la cama. Yo no soy una mierda.

El sushi no me entró. Más bien, me entró y lo vomité. Miré los coches pasar desde el balcón hasta que se hizo de noche. Me quedé viendo tele hasta tarde. Una serie sobre Chernóbil. Nuria me respondió confirmando el vuelo. Lo compré, apagué las luces y me dormí.

Un arqueólogo de nombre Carl quiso ayudar a ChanKin, un lacandón supersticioso, a ver una foto de sí mismo. A ChanKin no le gustó. Agitó el papel, esperando que la imagen se cayera. Al ver que no se caía, rezongó y se fue. Carl quiso navegar a Yaxchilán al día siguiente con la foto en el bolsillo y se ahogó en los rápidos. ChanKin no dijo nada.

Kayom se pasaba las noches pescando palos y se comía los camarones que venían pegados.

Las gentes de aquí y unas más que venían de lejos llegaron en balsas para sacar una estela maya de Piedras Negras. Querían llevarla a la Ciudad de México y exhibirla en el Museo de Antropología. En la maniobra, a orillas del río, la estela fue a dar al fondo.

Dos águilas perdieron a su presa. El tejón cayó de muy alto y de milagro vivió. Las águilas rondaron hasta que se hizo de noche. Al día siguiente fueron a buscarlo y sobrevolaron durante muchos días. El tejón recorrió varios kilómetros al este y encontró su muerte en un deslave.

Hubo una expedición en busca de hembras, previo a la era del nombramiento. Las hembras, cargadas de crías, anduvieron por tierra, a lo largo de algunos millones de años, y evolucionaron en pájaros.

Dicen cosas como *la tierra se abrió*, pero no fue así. La tierra no se abrió. El agua encontró su camino por donde pudo. No hay mucha inclinación. Por eso, está todo pintado de meandros y curvas que no dejan que el río agarre velocidad. Los rápidos son la excepción.

Las monterías fueron el principio del final. Y los lagarteros. Y los chicleros. Lo que pasó fue que se arrebataron los diamantes de la selva, por decirlo así. Entraron con sus sierras y sus transportes y cortaron los árboles de maderas finas, árboles para chicle, y a los animales para vender sus pieles o sus huevos a los traficantes por doscientos pesos, que serán ahorita unos diez dólares el animal. Las señoras en las ciudades vestían pieles de ocelotes y cocodrilos. Sus bolsas eran de caparazón de tortuga. Los señores del norte, cinto pitiado. Practicaron taxidermia, disecaron y exhibieron animales, como jaguares y pumas, en vitrinas en sus espacios de esparcimiento, donde también hacían negocios.

Los felinos oriundos de la región, jaguares, pumas y ocelotes, cazan de noche. Hay menos competencia. Otras criaturas son devoradas mientras duermen.

Los murciélagos les chupan la sangre a los mamíferos. Les gustan especialmente los bueyes de agua que vinieron de Asia.

Las ranas cantan y se aparean. Algunas serpientes se comen a las tarántulas.

Hubo mucha gresca entre pueblos mayas por privilegios de navegación en los ramales. Bajó de un árbol Tecumbalam y les causó terribles desastres.

La selva es la fiesta de la vida. Los pochotes se estiran, los bichos cantan, las hembras cazan y los machos se organizan; hasta que baja el agua del cielo y que nos ampare el sereno y cuide a las gentes y a sus casas y a la tierra y a sus bienes y las ruinas mayas y a todo lo que hay.

Dos personas se acercaron mientras estaban perdidas. Improvisaron. Uno era Adonis, el lanchero que gana en las regatas. La otra era una mujer extraña. Parecía recién nacida, por su falta de experiencia. Había una tercera, pero era un tachón. Una cucaracha pisada.

Cuántas crías de mono aullador me habré comido. Se les caen a sus madres desde lo alto de los pochotes y casi vuelan sin alas los pobres monos y se impactan contra el agua.

Las corrientes de los ríos que forman el Usumacinta se encuentran en el centro del caudal. Sus colores viajan a su velocidad, tienen su impronta. Se pueden distinguir con el puro ojo.

Vinieron a estudiar la flor hermafrodita de Frontera Corozal. Apenas apareció en 1987. Se llama *Lacandonia schismática*. Antes de que llegaran, se escondió. Es exótica.

Llegué a Villahermosa a las seis de la tarde. Un chofer me llevó hasta un hotel espantoso en Tenosique, una ciudad ribereña en la que me encontraría con Nuria. En el 2024 había llegado el Tren Chol y la ciudad resurgió en el paisaje nacional, pero no como la sexy anfitriona que el tren pedía, sino arisca y anacrónica, como toda cosa que se abandona y luego se pretende retomar como si nada.

La motivación principal de mi visita era la pornografía jurídica. Pago por ver. El encuentro con la realidad desnuda. Nuria me dio la idea. Mi trabajo puesto no en la sentencia, sino en la tierra que pisaba, sobre el agua, con pruebas visibles.

Dejé mis cosas con la conserje y salí a caminar en lo que llegaba Nuria. Conocía los números de las presas y había visto las maquetas, pero al estar en el lugar preciso de la construcción, podía comprender aspectos no financieros o litigiosos. También podía olvidarme de todo esto y poner mi propio despacho, irme a cualquier otro, dirigir el área jurídica de alguna empresa, o no hacer nada, pero no me daba la gana. Quería medir con los ojos el tamaño del negocio.

El calor y la humedad me desquiciaron de inmediato. La gente andaba en chanclas por los charcos negros, llenos de basura. Los comercios informales, el olor a garnachas y a aguas negras; y las canciones rancheras tronando en los negocios callejeros, unas encima de otras.

Me repelía la idea de mandar mi currículum a un cualquiera y que me calificara: *Problemática y no muy atractiva. Amañada y vieja. Demasiado cara para lo que ofrece.* El rencor no me dejaba pensar. No lograba reponerme. Había estado así desde el momento en el que me corrieron. Pensar en llamar a algún colega o mirar *rankings* de despachos, me llevaba de nuevo al callejón del odio y la venganza y terminaba pensando en cómo arruinar a Mariano Silva y a los holgazanes de los pasantes.

Se hizo de noche y regresé al cuarto de hotel a esperar a Nuria. Me tiré en la cama, exhausta de ser yo misma. Quería apagar la máquina. Estaba cansada del único tema que ocupaba mis pensamientos.

Tirada boca arriba, con los brazos sobre la cara, queriendo morirme y arrepentida por haber aceptado hacer ese viaje con Nuria, escuché un siseo. Un susurro fantasmal. Me paré de la cama. Quizá era una fuga de agua o de gas, o la actividad en el panal de algún insecto. Me asomé debajo de la cama, abrí las puertas del closet y busqué en el baño. El sonido no estaba en la habitación. Cerré los ojos para concentrarme. El rumor me hizo pensar en un avión al despegar. No podía percibir ningún otro ruido ni tenía pistas para determinar qué era.

Me puse las botas, salí del hotel y seguí el sonido. Estaba oscuro y lloviendo. Caminé debajo de los toldos. Bajé dos calles y vi un letrero que indicaba el malecón. Abrí mi paraguas. Seguí con cuidado de no pisar charcos. La única iluminación disponible era la luna y una que otra luz interior en las casas y negocios vecinos.

Me paré frente al malecón. En la oscuridad se insinuaba un monstruo. Nunca había visto un río así. La superficie casi convexa del agua parecía el lomo de un dragón. La luna reflejada en el agua, del ancho de una bahía. La corriente era de una intensidad violenta.

Lo sabía en metros cúbicos, lo sabía en estimación de la potencia eléctrica teórica disponible, lo podía calcular como recurso hídrico, pero visto de frente, tomaba proporciones feroces. Mi imaginación no había alcanzado. Yo conocía ríos bien portados, que atravesaban ciudades europeas. Al río Nazas, en Coahuila, lo conocía de nombre. Los ríos en mi imaginario personal estaban controlados o se habían secado. Mi mamá me contaba historias sobre su infancia en los ríos de Monterrey.

Río Churubusco, Viaducto Tlalpan, Río Magdalena eran calles congestionadas de la Ciudad de México, donde corría el agua entubada por debajo del asfalto.

A lo lejos, se veían las grúas inmensas, los puentes provisionales, la limadura incandescente de soldadura que iba a dar al río. Los chalecos fluorescentes, cargando provisiones, recorrían de ida y vuelta el puente y los caminos a la orilla del río.

Escuché mi nombre y volteé la cabeza. Nuria sonrió del otro lado de la calle. Nos abrazamos y sentí sus clavículas.

"Pinche Nuria, estás bien flaca".

"No me da hambre".

"Pues qué bueno, Nuris, porque en este culo de ciudad no hay nada de comer".

Nuria se separó y nos sonreímos. Estaba gris y acabada. Me daba gusto verla. Nos abrazamos de nuevo y me dijo en voz baja: "Gracias por esto, Marci. Sé que estás aquí por mí". Me sentí una mierda.

"Claro, Nuri. Cuenta conmigo".

Caminamos un rato por los alrededores del hotel buscando un restaurante. Encontramos un café que vendía sándwiches y nos sentamos en las mesas de afuera, en sillas de plástico sobre la banqueta. Pedimos cada una un sándwich, y estaban bañados en mayonesa. Me comí la rebanada de queso que sabía a plástico. No paré de hablar, y Nuria asentía, amable, esperando su turno, que no llegó. Nos despedimos en la puerta de mi habitación y le dije: "Mañana en Yaxchilán me platicas tu situación, Nuri".

El empeño con el que el agua corría no me dejó dormir. En mi sueño, el sonido venía de una salida de agua en un patio como el de la casa de huéspedes donde viví en la Colonia Médicos. Tras muchos esfuerzos, logré cerrar las llaves de paso, pero no dejó de salir el agua. Había otras salidas con sus respectivas llaves en otros muros del patio y ninguna cerraba. Aunque girara, el agua pasaba cada vez con más fuerza.

Por la mañana, pregunté en el hotel que dónde estaba el muelle. Habíamos contratado un servicio turístico para llegar hasta Yaxchilán. La señora me miró con desconcierto, como diciendo tú qué vas a saber de navegar, vulgar extranjera, y me dijo que estaba lloviendo tupido como diez horas diarias y que no convenía navegar. Con tanta agua, estábamos a merced del río. "Hay quien dice que el río es malo. Que es mañoso. Que tiene mala sangre. Que a veces se traga a un alma para mantener a la gente espantada".

Si algo me desagradaba, era escuchar tonterías; sobre todo si le concedían potestad a las cosas inanimadas. Le agradecí la información y salí hacia al malecón.

Resultaba evidente que todo ese recurso tenía que aprovecharse. Era el negocio del año. En todos lados faltaba el agua, y ahí, sobraba. Se veían a lo lejos, sobre los puentes y los andamios, cientos de hombres trabajando. La crisis energética era el primer ítem en la agenda internacional, y la ingeniería había presentado pocas alternativas novedosas para generación de energía. Por supuesto que lo que las presas amenazaban no era menor, pero ¿qué vida había que proteger? Para mí, no había ni pregunta.

El agua era el segundo ítem en la agenda, pero no era asunto mío. La presa era el menor de los dos males, y los sitios arqueológicos, aunque se mencionaban una y otra vez cuando se discutía el proyecto, no estaban en la agenda.

Quedé de verme con Nuria a las nueve de la mañana en el mismo sitio donde nos encontramos la noche anterior. Nuria apareció a mi lado y caminamos bajo el paraguas, en silencio, por el puente y hasta el muelle. Sacó de su bolsa una manzana y me la dio.

Recibí un mensaje de texto de Octavio que decía *te extraño*. Solo eso. El corazón me quiso saltar del pecho y guardé el teléfono. Lo saqué cinco pasos adelante y leí de nuevo: *te extraño*. No era normal. ¿A qué se refería? Quizá me extrañaba como colega, o tal vez sentía la misma incomodidad enfermiza que yo. Empecé a escribir. "¿Con quién te escribes?", preguntó Nuria.

"Con nadie".

El lanchero era joven y parecía agobiado. A pregunta expresa, confirmó lo dicho por la señora en el hotel: que en las semanas anteriores había llovido tanto que era casi imposible navegar. Me hirvió la sangre. "Nuria, ¿no averiguaste si podíamos llegar a Yaxchilán antes de traerme hasta acá? ¿A qué venimos?".

Mi hermana me miró asustada, guardó silencio y bajó los ojos. No, no averigüé porque soy una imbécil, pensé. Me exasperaba tanto como mi mamá, aunque por razones distintas. Nuria era insegura y timorata. Con ella siempre pasaban cosas como esta.

Le pregunté al lanchero que cuándo podíamos ir y contestó que en unos meses que bajara la lluvia. Solté una carcajada. Estaba estupefacta. "Tú me ofreciste el servicio y te pagué el anticipo. En unos meses que baje la lluvia ya no vas a tener este negocio si me dejas aquí varada". El servicio no era barato y no quería pasar otra noche en el hotel de mierda porque un nene que no tenía ni dieciocho años me había querido estafar.

"No se puede, señora".

"Amiguito, por favor, explícame ¿para qué te contraté?, ¿qué hago aquí? Sácame de esta duda que me está matando". La temporada de lluvias no era mi problema. Amenacé con que, si no llegábamos a Yaxchilán, no me sería posible pagar el depósito final y demandaría el inicial, cosa que no me gustaba hacer.

"Por favor, Marcia, no le grites".

"No te metas, Nuria".

El lanchero accedió, o lo hice acceder, y nos subimos a su lancha de fibra de vidrio del tamaño de un Chevy. En el interior había dos bancas y dos remos rengos. En la proa, una especie de pequeña plataforma hacía de tapa para ocultar cuerdas y cubetas sucias y viejas. El lanchero, de nombre Adonis, parado en la popa con la cara larga, maniobraba para llegar al centro del caudal; mientras, Nuria y yo, sentadas en la misma banca, nos aplicábamos recíprocamente la ley del silencio, como se usaba en nuestra familia después de un desencuentro. Saqué mi celular, leí de nuevo las palabras y sonreí. Ya no había señal. Se sentía bien en el cuerpo ese *te extraño* clandestino.

La lluvia, tupida y fina, no nos daba respiro. Estaba dispuesta a aguantar el olor a humedad, la incomodidad en la lancha y al tal Adonis porque Nuria necesitaba llegar hasta Yaxchilán. A lo lejos empezaban a verse las formas coloridas de las máquinas de construcción de la presa y se escuchaba el ronroneo. Me atrajo la violencia del caudal, la forma en la que serpenteaba dentro del famoso cañón del Usumacinta. Me costaba imaginar cómo se vería aquello con las presas. ¿Hacia dónde inundarían los embalses?

Desde que el Tren Chol se construyó, con sus vías atravesando ni más ni menos que ocho áreas naturales protegidas, incluida esa, no era difícil negociar los aspectos *soft* de los decretos de protección. Vivan los precedentes. Nos acercamos a la zona de construcción. Desde nuestra embarcación se veían grúas anaranjadas, tamaño dinosaurio, de cada lado del río, moviendo monolitos colosales por los aires. Cientos de hombres yendo y viniendo como hormigas con chaleco fluorescente y casco, subidos en las máquinas, todos con los ojos puestos en nuestra lanchita.

Saludamos con la mano como unos idiotas, y uno que otro albañil nos chifló. Dos minutos más tarde, la escena había quedado atrás, pero el ruido se extendía por el cañón como un gramófono.

"Este cañón es un área de protección de flora y fauna por decreto presidencial". Ninguno dijo nada.

Yo entendía la hidrografía desde la óptica de la ingeniería hidráulica, pero no había sido capaz de imaginarla. O sí, pero a escala de 1 a 20 000, y solo en referencia a las imágenes que había visto. En nuestro expediente había una serie de mapas y fotos de ese lugar exacto. Otros donde se planificaban obras a lo largo del río, tanto en el tramo mexicano como en el guatemalteco, en las que el agua resplandecía como el mar Caribe y las montañas parecían cubiertas por brócolis. Ahora, navegando en la bruma, el río se veía turbio y las cordilleras agrestes.

"¿Por qué es café el agua?", pregunté, "¿no se supone que este río está limpio?". Adonis respondió que el río estaba limpio, pero que iba revuelto, y aprovechó el aliento para ponerle *play* a su *track,* abriendo la voz como tenor, casi gritando, porque el viento se la llevaba en dirección opuesta:

"Buenos días, querida gente. Gracias por acompañarnos en este bello río, el último río vivo de México. *Usumacinta* es el nombre náhuatl que recibe este río y significa *lugar de los monos pequeños* y posee una longitud aproximada de mil kilómetros desde el río de la Pasión, en Guatemala, hasta los pantanos de Centla, en Tabasco... Es reconocido por ser una de las grandes redes hidrológicas de Mesoamérica..., gran biodiversidad..., humedales..., constituye un verdadero corredor ecológico..., Área Protegida..., se desplazan numerosas especies de peces y tortugas ...".

Las cifras no me sonaron descabelladas, pero el resto era puro blablablá, biodiversidad, blablablá, vegetación, blablablá, cocodrilos. Como telón de fondo al discurso, en las rocas de la margen, una garza blanca nos miraba.

Más adelante, entre las ramas de una ceiba monumental, Adonis avistó a una pareja de guacamayas. Detuvo su conferencia y acercó la lancha a la margen para verlas mejor. Me parecieron pájaros de caricatura. Eran rojo carmín con vivos amarillos en las alas y colas de medio metro. Adonis comentó que teníamos suerte de ver guacamayas en libertad. Habían sido reintroducidas hacía poco tiempo en el cañón del Usumacinta en un intento por buscar nuevas condiciones de adaptación, pero en su opinión, el esfuerzo era inútil. La gente de a pie y los militares seguían robando a los pajaritos para traficar, y no quedaban suficientes ceibas y jobos para la temporada de apareamiento. La ceiba frente a nosotros era un santuario. Pocos árboles eran repelentes a reptiles e insectos y las guacamayas eran estrictas. Aunque los árboles no salvaran a sus crías de ataques de monos y de abejas africanizadas, si no había lugar para anidar en los árboles predilectos, mejor no anidaban o se peleaban a muerte con otras por el espacio.

"Con la presa nueva se seguirá destruyendo su hábitat, así que mejor que las tengan en cautiverio y ya no les hagan la maldad de devolverlas al territorio que las tiene huyendo, peleando y velando a sus hijos".

Las miramos largo rato mientras se acicalaban. Adonis hablaba de ellas como si fueran sus vecinas y las conociera de toda la vida. Se solidarizaba con su pena. Me pareció triste, pero no dije nada. No era culpa mía. Yo no hice al mundo.

Era extraño ser testigo de un experimento en la aurora de su fracaso, y más extraño aún tener un vínculo directo con la última sentencia de Adonis. "Las presas terminarían por destruir lo que quedaba de su hábitat".

Las aves frente a nosotros dejarían de existir, en el mejor de los casos, para convertirse en mascotas. Saqué mi teléfono y les tomé una foto. No era necesario tener una gran sensibilidad por las especies vulnerables o una solidaridad específica con la tierra para deprimirse por la situación. Yo misma, de algún modo, había visto el dilema que se planteó en el juicio entre la vida silvestre y la generación de energía y consideré necesario un ejercicio de conciencia, después el cual estaba claro lo importante. Las guacamayas habían perdido en esa ponderación. Mi único consuelo era compartir esa responsabilidad con otros depredadores. "Mal de muchos, consuelo de tontos", habría dicho mi madre.

El río corría con intención. No entendía cómo o por qué, pero tampoco me quedaba duda. En el movimiento había algo parecido a la voluntad o al deseo. Un movimiento con motor. ¿Qué incita al agua a correr? ¿Quién piensa así? El paisaje en el cañón era una V monumental. La lancha avanzaba por la parte más angosta, que no era en lo absoluto angosta, sino solo en proporción a las laderas. Las formas rocosas me hicieron pensar en la extinta cabra de montaña en Nuevo León. Cabra y guacamaya compartirían ese lugar espiritual al que se van las especies extintas.

Continuamos largo rato, absortos cada uno en los mensajes que el paisaje cifraba para nosotros. Nuria se confrontaba con el paraíso fugaz de su pasado. Adonis intentaba leer caminos posibles en el agua. Yo veía números, la sugerencia de embalses, cortinas de concreto monumentales, vertedores, turbinas, potencia disponible, megawatts, venganza, dinero, intereses de gobierno, poder, quiebra, ruina y retribución. ¿Cómo mirar de otra manera?

Se sintió un jalón debajo de la lancha, como si un animal nos tirara para atrás. Adonis paró el motor y nos quedamos un momento en silencio, suspendidos en un lugar que ajustaba la dirección de la lancha como si fuera la aguja de una brújula. Nos quedamos mirando, escuchando, como si el aire espeso pudiera explicar el tirón con un sonido.

"Señora, está alta el agua. Debemos regresar. Son los raudales". Nuria y yo volteamos hacia el agua para ver los famosos raudales.

"Yo no veo nada".

"Están borrados, como le dije. Hay mucha agua. Aquí abajo están. No podemos pasar porque no puedo ver los raudales".

"Claro que podemos pasar. El agua se ve tranquila".

"Los raudales pueden jalar la lancha. Si no lo ves y lo agarras de frente, se te va de boca la lancha y el raudal te devora. Si te agarra por atrás, te levanta la popa y te revienta el motor. Me voy a dar la vuelta".

Usé mi voz de autoridad: "No nos va a pasar nada, Adonis. No seas cobarde. Ahí donde empiezan las piedras ya estamos fuera de peligro".

“No señora, hay que virar”.

“No, Adonis”. Me paré de mi lugar y tomé del hombro a Nuria: “Eres buen conductor. Confía en ti mismo. Nadie conoce estos raudales como tú. Eres un chico valiente. Ya estamos aquí. Dale por el margen de ahí, cerca de las piedras. Hazme caso”.

“No me siento tranquilo. Siento el motor jaloneado”.

“No insistas, Marcia”.

Miré a mi hermana y negué con la cabeza. Aún no le levantaba el castigo y no tenía derecho a hablar si no era para ayudarme a convencer a Adonis.

“Tú ve por ahí, Adonis. Yo sé lo que te digo”. Me desplacé hacia el lado de la lancha donde estaban las rocas. “Ahí está tranquilo. Si le pasa algo a tu motor, yo te lo pago”.

La bruma obstruía la visibilidad y el muchacho adivinaba. En cuanto la lancha se acercó al agua calma, sentimos otra sacudida y la proa de la lancha se fue a pique. De horizontal a vertical en segundos. Se escuchó el estruendo de la fibra de vidrio reventar contra las rocas. Nuria salió volando, y Adonis quedó colgado con las manos al timón del motor que seguía andando, mientras yo, aplastada a las cubetas y a las sogas bajo la plataforma de la proa, era devorada por un remolino que nació de la nada.

Adonis subió a la roca como pudo, y cuando estuvo parado en el borde miró hacia todas partes y vio que no estábamos ni Nuria ni yo fuera del agua. Entró en pánico. Se tiró de pecho sobre la roca a buscar en el agua y a sacar a raque los pedazos de lancha que seguía escupiendo el raudal.

Vio pasar el extremo de una cuerda. Se arrastró tanto como pudo hacia el borde de la roca y metió las manos al agua revuelta y jaló la cuerda, pero el peso que oponía y la fuerza del raudal se la arrebataron. Con las manos peladas, volvió a meter los brazos para buscar en el agua y esta vez tomó un tramo largo de la cuerda y se la enredó en un brazo. El peso no cedía, pero Adonis no perdió la cuerda. Se asomó al remolino para ver qué era lo que tiraba tan duro y pudo ver un destello rojo. Mi chaleco salvavidas. Se sentó para apalancarse y con ambos brazos me jaló hacia él de los hombros del chaleco y quedé tirada boca abajo, peso muerto, sobre el guano que cubría la roca. Soltó la cuerda de mi cuello. Las manos moradas y entumecidas. Se paró y me miró. Pensó en huir. Parecía muerta. Si huía, cuando encontraran mi cuerpo y el de Nuria, él ya estaría quién sabe dónde. Se dio la vuelta para correr, pero no pudo moverse. Quizá seguía viva. Sintió remordimiento, se agachó y volteó mi cuerpo boca arriba. Tenía la cara morada. Un paliacate amarrado al cuello que me salvó de heridas peores. Acercó la oreja a mi boca y nariz y comprobó que no respiraba. Puso ambas manos sobre mi esternón y, sin pensarlo, apretó dos veces con fuerza y luego otras dos hasta que completó cuarenta. Virgen santa, no la dejes morir aquí. Había aprendido a hacerlo en un tutorial en YouTube de primeros auxilios en ríos y selva. Me levantó de los hombros, metió la rodilla debajo de mi cuello, tiró hacia atrás mi cabeza y me dio respiración soplando fuerte dentro de mi boca.

tzeltal
ch'ol
piedras piedras
amuzgo
hierba del toro
aguas-piedras
piedras-aguas
canutillo
marañón
maderas
jobo roñoso
agua
tranchiche
ayapaneco
agua piedras chontal
cora
orejuela campechana
chapón chilindrón agua
piedras tierra piedras agua agua
piedras agua agua agua agua agua
piedras agua hoja de viento agua agua
agua agua mano de tigre agua agua

trepador piquicorto agua agua agua
piedras agua agua halcón guaco
guaya de abajo piedras agua agua
tepejilote bojón prieto tierra agua
agua piedras piedras árbol tejón chicloso
guano de escoba árbol agua piedras
piedras árbol árbol brazo de mico de noche
árbol agua mono aullador piedras piedras
tronco agua piedras piedras árbol árbol
agua piedras cochabamba árbol
agua piedras matambilla árbol
agua piedras zorro cola pelada
agua piedras piedras
agua piedras
agua
agua
achote
achiote
flor de cacao
bojón prieto
agua piedras
agua huichol agua
agua K'iche' agua piedras
huave árbol agua piedras lacandón
piedras árbol árbol Kaqchikel
árbol agua piedras piedras árbol árbol eufonia
golondrina
tronco agua piedras
tordo cantor zanate mexicano
agua piedras cochabamba árbol
murciélago espectro agua piedras
piedras agua agua agua agua agua

piedras agua agua agua agua
colorín agua agua
tángara agua agua
picogrueso piedras árbol
árbol papamoscas
hocofaisán
agua agua agua
agua alga alga
tucán
alga alga agua
tejón piedras árbol
zanate mexicano
murciélago perico
mímido gris
raíces
raíces
árbol piedra
trepador árbol árbol
troglodita
árbol árbol nauyaca
ayacateco
piedras árbol sardina nauyaca
agua piedras piedras árbol eufonia
piedras mojarra
agua piedras tenyaguaca
hormiguero tirano
nauyacas cocodrilo de pantano
piedras piedras agua huevos de lagarto coralillo
chiquigoao piedras agua agua
árbol agua piedras piedras árbol árbol
crías de mono cadáver agua piedras
huevos de serpiente

piedras agua huevos de lagarto
árbol agua piedras piedras árbol árbol
crías de mono cadáver agua piedras
árbol cadáver de migrante
huevos de serpiente
ramas ramas ramas
ramas troncos ramas troncos
alga agua alga agua agua alga alga
agua piedras piedras árbol raíces árboles
árboles troncos raíces cadáveres árboles
ramas ramas ramas ramas ramas ramas ramas
troncos troncos troncos troncos troncos troncos
hierba del gusano troncos agua piedras piedras mayas dioses
lanzas piedras troncos papayo pochote chelele árboles raíces
huevos troncos agua piedras cadáveres peces diablo agua
chintul basura pájaros huevos troncos agua piedras
agua piedras cadáveres peces diablo agua agua
agua piedras cadáveres peces diablo agua agua
pájaros huevos troncos agua piedras cadáveres
agua basura pájaros huevos troncos agua piedras
agua agua miralsol basura pájaros huevos troncos agua
agua piedras cadáveres peces diablo agua agua
piedras cadáveres peces diablo agua agua
peces diablo agua agua piedras
mala mujer chaya copalchi
cadáveres basura pájaros troncos
agua piedras cadáveres aguacate
charamusca frijolillo tojolabal
agua piedras cadáveres té limón
peces diablo agua agua teca
peces diablo agua agua zacate limón
cóbano caoba plátano agua agua agua piedras

piedras piedras jagua cafetillo troncos árboles niño guaya
ébano piedras teca piedras agua tomate piedras tabaco
agua agua chilpate cacao jolcín huaco árbol árbol
lanchas casas
agua estropajo
cadáveres peces diablo
barba de viejo basura pájaros
hierba del gusano basura
piedras
peces diablo agua
cadáveres

Me encorvé. Expulsé agua de los pulmones, por la nariz y por la boca. El tiempo se alargó como si me exigiera presencia. El agua violenta del río se había mudado a mi abdomen y corría negra por mi tráquea y pulmones con su sedimento y su muerte, del tórax hacia la boca. Raudales, raudales, raudales. Respiré y me volteé boca arriba. Qué es esto. Adonis lloraba y susurraba rezos, sentado, meciéndose con la cabeza entre las rodillas. Cuando pude verle, me gritó: "¡Está usted loca! ¡Casi nos mata! ¡Pinche loca!".

"¿Dónde está Nuria?". Adonis me miró, pero no dijo nada. "¿Dónde está Nuria? ¡Nuria! ¡Nuria! ¡Grita! ¡Dónde estás!". Me acerqué y lo sacudí: "Busca a Nuria". "¡Nuria, chingada madre!".

"¡Aquí en las piedras, Marcia, aquí en las piedras!". Dijo su voz delgada y distante, casi apagada, como si quisiera ser silenciosa. Fui hasta las piedras y me asomé. Solo veía el raudal. Lo que no había sido capaz de ver era lo único que existía. Un vórtex que espumaba por la boca. Un brote de energía cubierto por una capa de agua tersa, una especie de sábana que hacía de manto a las fauces del río, que por razones incomprensibles no entraba al remolino.

"Nuria, ¡no te encuentro! ¡Nuria! ¿Dónde estás? ¡Grita de nuevo!".

"¡Aquí! ¡Aquí está!".

Me paré como pude y caminé hacia Adonis. La encontró en una bahía pequeña, en un manglar rocoso dentro del agua, abrazada a una raíz resbalosa. Había mucha bruma. Me acosté pecho tierra en las piedras, Adonis me sostuvo las piernas y metí el torso lo más que pude entre las rocas para alcanzar su mano. Sentí las heridas que me había dejado la cuerda en las costillas y el cuello. Nuria no podía estirarse. Intentaba alargar la mano, pero solo lograba rozarme con los dedos.

Después de varios intentos nos pudimos sujetar. "Pisa, Nuri. Camina hacia mí". Nuria pisó y sonrió, pero el piso se deshizo debajo de sus pies y la corriente la jaló de nuevo. Metí las manos al agua con la cuerda y encontré su cabeza. A ciegas recorrí la cuerda por su espalda y la pasé debajo de sus axilas y jalé, raspándola contra la piedra, y al final, alzando su cabeza por encima de la superficie del agua y del raudal. Adonis me ayudó a sacarla.

Con Nuria desplomada entre mis rodillas, apenas respirando, y Adonis parado a mi lado, con las manos abiertas y sangradas, pedí perdón. Fue la primera vez en mi vida que pedí perdón con sinceridad.

El rumor estático del río era ensordecedor, ominoso, me había consumido. Solo los sonidos guturales casi imperceptibles del llanto de Nuria cortaban el murmullo. Nadie tenía boca para hablar, ni algo que decir, salvo yo: "Lo siento, lo siento, lo siento".

Nuria movió los ojos casi imperceptiblemente y dijo: "Estamos vivas". Apenas lo comprendíamos. Nuestros cuerpos no se atrevían a reconocerlo. Le abracé las piernas: "Por favor, perdóname". No morimos en el río, pero nada indica que no moriremos en la selva, pensé.

"Es lo mismo", dijo Adonis. "Río y selva son lo mismo". Yo no lo había dicho. El niño me había leído el pensamiento. Me costaba leer la realidad. La voz de Adonis venía de su boca inmóvil y había un rumor remanente del ahogamiento en mis oídos. O eso creía. El río me había sujetado, muerta, con sus dedos largos y sus ruidos gástricos, en un vórtice. "A veces el río se traga a un alma para mantener a la gente espantada".

Levanté la cara y vi la silueta oscura de Adonis, los ojos negros, las manos heridas, abiertas hacia el cielo, en actitud de rezo. Me paré y miré mi cuerpo. De mis hombros colgaban tramos del impermeable desgarrado. Había conservado la ropa, las botas de campismo, el paliacate en el cuello, y lo demás lo había perdido: la bolsa, el reloj, el teléfono, los lentes, los anillos. Me toqué el cuello. Me ardía al tacto. El paliacate había evitado una quemazón peor. Miré mis manos, que temblaban fuerte, poseídas, epilépticas, ajenas. Cerré los puños y crucé los brazos. Miré hacia el agua. *Control.* Me pareció estar alucinando. El río espumaba junto a mis pies. Nada había cambiado, salvo nosotros. El río no era otro. Si acaso era como Adonis lo había descrito.

Me acerqué a él e intenté tocar sus manos, pero las retrajo y dio un paso hacia atrás. Le pregunté si estaba bien.

"Casi nos mata".

"Adonis, por favor, sácanos de aquí".

"No, señora. Ahora mando yo". Su rencor se podía tocar. "No podemos salir de aquí. Estamos lejos de todo".

Levanté la cara y negué. Adonis me sostuvo la mirada y dijo con la voz trémula, señalándome con el dedo índice: "Si nos morimos aquí, es su culpa. Que lo sepa y lo tenga en su conciencia". Bajé los ojos: "Lo siento, lo siento, lo siento". Adonis se quedó mirando sus manos heridas: "Deme su pañuelo". Me quité del cuello el paliacate hecho jirones. Adonis lo terminó de desgarrar y se amarró en cada mano un tramo.

"Yo soy Marcia y ella es Nuria". Lo dije como si nos viéramos por primera vez. De cierto modo, yo apenas lo veía. Adonis, flaco como espina, con dieciocho, diecinueve años, nos había salvado la vida.

"Mi hermana necesita un hospital".

"Silencio, señora".

"Dime, Marcia".

"Cállese un minuto". Contra mi voluntad, guardé silencio. Adonis permaneció de pie con las palmas de las manos hacia arriba y los ojos cerrados. Un graznido cortó el silencio y Adonis abrió los ojos. Dos buitres, a diez metros de nosotros, se disputaban la carroña de un tercero. Nos habíamos alejado, según Adonis, unos dieciocho kilómetros del puerto de embarque, y el siguiente caserío estaba a unos cinco kilómetros y al otro lado del caudal. Había que bordear el río para avanzar en esa dirección y esperar a que nos encontrara algún pescador, pero no había camino por la margen. Tendríamos que adentrarnos en la selva.

Los tres miramos al río en busca de respuestas y solo los raudales descollaron en el agua revuelta. Ahí no volveríamos nunca. ¿Cómo era posible esa violencia? ¿Qué era? El río no era susceptible de ser mío. En todo caso, yo fui suya cuando estuve muerta y me dijo, en su lenguaje: "Yo no soy ni puedo ser tuyo, piruja".

Renqueamos por las piedras tierra adentro. El plan era caminar sin rumbo hasta que apareciera un rescate. El barro resbaloso de la tierra hacía difícil caminar y se pegaba a la ropa empapada. Era absurdo. Era imposible. No era creíble. No era dable avanzar en las condiciones en las que estábamos. Con heridas abiertas y sin provisiones. Nuria lloraba desde que la sacamos del agua. Estaba histérica. Nada la calmaba. No podía caminar. Estaba agotada.

Me negaba a aceptar que Adonis no me dejara opinar que estábamos atrapados, que no teníamos comida, que no sabíamos en qué dirección estaba nada, que no podíamos llamar a una ambulancia, que no teníamos dónde dormir, qué comer, que nos podían atacar animales u hombres malos, que habíamos perdido la lancha, que no sabíamos sobrevivir, no sabíamos nada sobre nada.

"Adonis, hay que quedarnos junto al río, por si pasa una lancha".

Adonis siguió caminando.

"¿Y tu familia no te va a venir a buscar?".

Adonis no respondió. Paré de caminar y detuve a Nuria. "Adonis, para de caminar. Hay que hacer un plan". Adonis no paró de caminar, ni volteó, ni desaceleró el paso. Quería alejarse de nosotras, de mí en concreto, pronto y para siempre.

Grité su nombre de nuevo y le ordené parar, pero no sucedió. No podía ver nada a más de diez metros. Pura bruma y espesura. No paró y lo perdí de vista. Nuria y yo no podríamos sobrevivir sin él. Le grité una vez más. Nuria se quejaba por el dolor, el cansancio, la sed. Tuvimos que seguirlo renqueando y a rastras y suplicarle a gritos que nos ayudara. Le pregunté por tercera vez cuál era el plan y solo contestó: "Sobrevivir".

Nuria arrastraba las piernas. Había que cargarla, suplicar, jalarla por la brecha. Adonis usaba de machete el pedazo de remo que rescató, que solo servía para espantar animales e indicar con el golpe por dónde iba.

Sentía la mente ajena, como si no fuera mía para pensar. Como si el cuerpo respondiera por instinto y la mente se hubiera quedado secuestrada en el bucle. En el silencio de la muerte.

Al hacernos paso entre el follaje denso se sintió aún más la humedad. El suelo era irregular y resbaloso y a cada rato había que agarrarse fuerte de raíces o ramas para subir los accidentes de la tierra. Buscábamos algo que no sabíamos qué era porque Adonis no hablaba conmigo. Todo se parecía. Los caminos invitaban a seguirlos y se truncaban, se repetían, se multiplicaban.

Caminamos, según mi cálculo, cerca de una hora por una brecha con la esperanza de que nos llevara a alguna parte. La selva era un enigma de cuerpos naturales. Un pasillo húmedo y caliente, asfixiante, oscuro y de un verdor impositivo, invasivo, de follaje denso, alto, atravesado por columnas de luz. Los troncos y raíces ondulantes marcaban los espacios posibles para cruzar, espacios musgosos, y ramas con forma de serpientes que daban la impresión de moverse cuando no mirabas.

No estaba segura de haber tocado el tronco de un árbol antes de ese día. Mis manos no reconocían las texturas y me daba la sensación de tocar un animal. Los troncos anchos eran difíciles de sujetar y había que usar cada sección de los dedos y hasta las uñas para prenderse. Los pies tampoco sabían cómo pisar, quizá porque no era apto para pisada humana.

El suelo cambió de repente y caminamos sobre un tapete blando de hojas húmedas. Cada paso crepitaba y crujía, y el aire ronroneaba, graznaba, masticaba en un registro lejano y dentro de mi cuerpo al mismo tiempo. El río era un monstruo.

Sobre la alfombra, atravesado, un tronco enorme, negro, hueco, apestoso. Adonis paró en seco. Con el dedo índice sobre la boca nos pidió guardar silencio y dio algunos pasos atrás. Luego indicó con la mirada. Había visto algo que yo no, o sabía algo que yo no, pero un tronco muerto, atravesado sobre la tierra, no me alertaba ni me pedía silencio ni amenazaba con matarnos a golpes. De cualquier modo, fuéramos en cualquier dirección, me daba la impresión de caminar en círculos, de estar atrapada y bajo las órdenes de un muchacho que no entendía bien la vida que custodiaba.

"Los troncos caídos son madrigueras. Puede haber serpientes o caimanes y hasta ocelotes. Hay que alejarse y retomar el camino más al norte". Aproveché para preguntar: "¿Qué camino quieres retomar, Adonis? ¿A dónde vamos? ¿Cuál es el norte?". Adonis guardó silencio.

Una superficie de apariencia rugosa resultó esponjosa, y al recargarme con la mano salió un ciempiés y se me prendió a la punta del dedo. Grité y restregué la mano contra el tronco, pero el cuerpo rojinegro del ciempiés no soltaba mi dedo y me pisé la mano hasta que me lo quité. Quedó en la tierra. Su cuerpo despanzurrado se movía mientras agonizaba, abierto.

"¡Carajo! ¡Puta madre! ¡Qué mierdas es esto!".

Adonis me suplicó. "Por favor, cállese. Nos van a matar. Por favor, cállese".

"¿Quién nos va a matar? Si aquí no hay nadie".

"Está usted alarmando a la selva. Nosotros no somos depredadores aquí. Somos presas".

"¿Y quiénes nos vigilan, según tú? ¿Los delincuentes? ¿Los migrantes?".

"Los animales".

Miré el piso, al lado, arriba, al otro lado. ¿Dónde estaban los jaguares? ¿Los cocodrilos? Adonis siguió caminando y Nuria detrás de él. Cerca de él. Me quedé parada para imponerme y me subieron por las piernas hormigas rojas y me picaron en los tobillos. Me tuve que raspar la piel con la suela de la otra bota para matarlas. Cada par de segundos me espantaba un mosco, algo me volaba cerca del oído, por el cuero cabelludo empapado de sudor, de humedad, de río. Seguí caminando. Mis ojos veían sombras furtivas. El ciempiés se repetía en las cortezas de los árboles. La textura esponjosa me había cogido las manos, y por más que me tallaba, regresaba cada par de segundos y me creaba un ataque de comezón y me rascaba y los dedos se me ponían rojos y doloridos.

Adonis había perdido una de sus botas de plástico y caminaba descalzo, abrazado a su única bota. Daba la impresión de ser una araña. Cuidadoso, ligero, preciso, articulado.

Miró hacia arriba y paró. Había encontrado algo. Con el remo, señaló el follaje seco de un árbol inmenso y se trepó.

"¿Dónde vamos a dormir?". Adonis no contestó. Se guardó el medio remo en la cintura y subió con las piernas y los brazos, como mico. Al alcanzar el follaje, mientras mirábamos, golpeó con el remo las hojas próximas, que se desprendieron y cayeron. Eran café claro, del tamaño de una toalla de manos. Me puse en cuclillas para tocarlas. Se podían moldear, como tela. Le pasé una a Nuria, que ya no lloraba. La sintió con las manos y la textura la hizo sonreír.

Adonis bajó del árbol. Era obvio que estaba en control, que conocía la selva y que había subido árboles como ese. Yo quería aportar algo valioso para que no nos abandonara ahí, pero nada de lo que yo sabía tenía importancia. Ni mi liderazgo, ni mi tozudez, ni mi dinero. Para él, yo era un riesgo. Una persona que crea situaciones de peligro.

Explicó, en voz baja, que nos haríamos nidos con las hojas para pasar la noche e hizo una demostración de cómo acomodarlas. Pensé en preguntar si podíamos sobrevivir en la selva, pero no lo hice. Guardaría mis preguntas para momentos peores. Su silencio era cruel, pero lo había elegido como cetro de poder, y si quería recuperar su confianza, era necesario respetarlo.

Se hizo una faja en la cintura con las hojas, se metió el remo por la espalda en los pantalones y siguió caminando con dificultad, sin mirarnos una sola vez. Nosotras hicimos lo mismo, atropelladas, dejando atrás la mitad de nuestra ración, y lo seguimos lo más rápido que pudimos, durante el tiempo que pudimos, que fue mucho, hasta que Nuria se sentó sobre un tocón y se negó a seguir.

Adonis paró y la miró. Negó con la cabeza y se agachó para comprobar que el tronco frente al tocón no era un nido de nauyacas. Le goteaba sudor, o humedad, por la frente y la nariz. Se espantó las moscas de la cara, se cruzó de brazos, miró a Nuria y luego alrededor. "Aquí hubo una tala".

Miré yo también. Había pedacería tirada en un radio de unos veinte metros. La luz entraba por la ausencia de follaje, haciendo parecer ese lugar como distinto al resto de la selva que habíamos recorrido y, de algún modo, elegido para hacer nuestra base. Mi imaginación proyectaba una pirámide, un jaguar, un chango, unos tipos en taparrabos y penacho. Tambores. La publicidad del Tren Chol, que nunca mostraba ciempiés, ni árboles mochos, ni buitres muertos, ni migrantes.

Adonis tocó las astillas frente a él. "No tiene mucho".

Sentí el corazón acelerarse: "Podemos encontrar a los que hicieron esto y ellos nos pueden ayudar".

"No son gente a la que quiere pedirle ayuda".

"Mejor morirse de sed". Lo dije en broma, pero nadie me siguió. Pensé en Octavio y en su mensaje: *te extraño*. Me senté frente a Adonis y le busqué la mirada: "¿Son narcos los que talan aquí o por qué tanto miedo?". No contestó y solo se examinó las manos.

"¿Vamos a sobrevivir?".

Se levantó la camiseta y sacó las hojas de su cintura.

"¿Vamos a dormir aquí?". Nada. Puro silencio. "¿Sabes que el río me mató?".

Adonis alzó los hombros y Nuria estaba ida. Yo, yo, yo estaba sola. Saqué mis hojas y las de Nuria e imité cada movimiento de Adonis hasta que logré fabricar un tapete pequeño, y miré a Nuria que seguía muda, como si hablar implicara un esfuerzo que la mataría. Nos acostamos. ¿Cómo saldremos de aquí? No era lógico morir ahí. Esa no era mi historia.

"Voy a buscar un ramón para traer hojas y curarnos los raspones. También traigo agua", dijo Adonis. "Quédense aquí donde está la tala".

"¿Qué es un ramón? ¿Nos vas a dejar aquí solas?".

Adonis dio la media vuelta y, sin mirarme, caminó con pasos gigantes y desapareció entre dos troncos. Me paré y corrí atrás de él, y al par de pasos me caí de boca sobre una montaña de una cosa podrida de la que salieron moscas. Hincada en el piso, me tallé la cara con los antebrazos y sentí arcadas. Me dolían las manos. Recargué la frente en un tronco y vomité bilis. Me paré de nuevo y grité otra vez. "No nos dejes solas, ¡te lo ruego!". Adonis no tenía razón para volver por nosotras. Llegaría más rápido a donde quiera que fuera sin nosotras. "No nos dejes solas, ¡te lo ruego!". Aún escuchaba el golpe del remo, pero si lo perseguía, tenía que dejar sola a Nuria, que parecía muerta. Fui hacia ella y me agaché para comprobar si respiraba. Estaba dormida o desmayada y no sabía si era necesario despertarla. Moriría porque no la desperté, o necesitaba dormir para no morir, y si la despertaba, la mataba. Me quedé mirándola de cerca. Le quité las botas y la acomodé. Le puse unas hojas sobre el pecho y miré: las hojas se movían con cada respiración. Me senté a su lado y me mecí para consolarme, como lo había hecho en mi despacho el día que me corrieron y luego en el cine Diana.

La selva tenía un modo abusivo de tocar. Me había lamido los huesos. No había consuelo en imaginarme fuera de ahí. La boca, la barriga pegada, la piel de los pechos, las manos me olían a ese bálsamo que exuda la selva de plantas podridas y agua caliente. Me eché saliva en la cara. Adonis nos había abandonado, y solas, alguna se perdería, caeríamos muertas por deshidratación, nos atacaría un animal, moriríamos por intoxicación, de hambre, de sed, o alguna se quebraría y la otra tendría que acompañarle y morir también. Me acosté al lado de Nuria y esperé un rato larguísimo a que volviera Adonis, abriendo los ojos cada par de segundos y pensando en Octavio, segura de que jamás en mi vida sería capaz de conciliar de nuevo el sueño, y pronto me quedé dormida.

Me despertó una sensación en la boca. Un cosquilleo húmedo, un roce de algodón. Me toqué con los dedos los labios y encontré un cuerpo blando y articulado. Lo aventé. Abrí los ojos y me paré, pero no se veía nada. La oscuridad era horrible. Me sacudí con las manos, la cabeza, los hombros, los brazos, el pecho. Corrí sin moverme de lugar. Me restregué la boca, que se me había inflamado. Escupí. Me ardían los labios. Me puse en cuclillas y toqué a Nuria. Quizá estaba muerta. "No, por favor Nuria, no te mueras".

"Sht. Silencio".

"¿Adonis?".

"¡Sht! No haga ruido".

Estuve parada sobre el tocón de un árbol, de brazos cruzados, sin ver, sintiendo el pulso en la boca, los labios calientes, con picazón en las manos, picazón en los talones, aterrada de lo que me había picado la cara. Adonis pasó la noche sentado en otro tronco a unos metros de nosotras, rezando y atento a los ruidos, mientras Nuria dormía.

No lo podía ver, pero lo sentía con el cuerpo, podía escuchar su respiración, percibir su angustia, como si su inquietud fuera un olor. Como si mis ojos fueran capaces de ver estando cerrados, su silueta se me aparecía. Practiqué quedarme quieta tanto como pude. Si permanecía quieta, sin actividad más allá de la inevitable, me camuflaba mejor, me mimetizaba con el paisaje, como cualquier otro animal. Me puse en cuclillas, me crucé de brazos, recargué la frente y consideré mis opciones. No quería morir de hambre o sed, devorada o violada y asesinada por sicarios de la selva. Tenía la cuerda y podía colgarme de un árbol. La imagen de mi cuerpo suspendido en las alturas era más tolerable que desollada, descoyuntada o raquítica, con ciempiés saliendo de la boca abierta. También podía envenenarme, pero necesitaba que Adonis me dijera con qué y Adonis no me hablaba. Podía ese mismo día ser rescatada, si a mi mamá se le ocurría usar la función de *find my iPhone* y descubría que ambos teléfonos llevaban casi veinticuatro horas a la orilla de un río en Tabasco. O si venían a buscar a Adonis, o si en el hotel nos reportaban como personas desaparecidas, o si a alguien le importara un carajo nuestro paradero.

Apareció el contorno de las cosas como un solo trazo. Las imágenes de mi muerte se agrietaron y mis ojos persiguieron con furia cualquier forma o color. El espacio se sentía abovedado y, a la vez, plano. Recordé el documental. Eran monos aulladores. Rugidos, bramidos, chillidos, eructos largos.

Vi en el trazo semoviente una gran araña, un jaguar, un cocodrilo, una serpiente. Líneas menores, apenas perceptibles, que se movían para atacarme. Capas de gris y negro, violentas, puntiagudas o curvas, largas o diminutas; profundas.

No podía reconocer de dónde venían los ruidos, ni quiénes o qué los producía. Los monos habían dejado de gritar y nuevos ruidos acechaban. Estaban por todos lados. Eran las bestias. Las criaturas que nos cazarían y nos comerían o, peor, nos dejarían paralizados para que otros nos devoraran. Necesitaba encontrar la cuerda y preparar el nudo.

¿Qué me había picado la cara? El ciempiés había vuelto de la muerte por su venganza. Pero no había sido el ciempiés porque no había costado trabajo desprenderlo. Sentía el veneno y la inflamación avanzar por la quijada. No sabía si tenía permiso de moverme y hacer ruido. Llamé en voz baja a Adonis, pero no levantó la cara. Le tiré una astilla de mi tocón y fallé.

El verde oscuro parecía masticar y tragar la estática que producían los insectos o el río, como si absorbiera el ruido o lo replicara o participara, quién sabe cómo, de la acústica sorda. Como si color y sonido se amalgamaran. Las plantas eran como animales silentes. Como si hubiera una resistencia eléctrica ahogada en el tallo de cada hoja, en cada tronco. Como los dragones dormidos. Se movían sin moverse. Nada ahí era humano. Si no hubiera sido aterrador, tal vez me hubiera dejado asombrar por la obstinación de la vida.

Se produjo una cosa a la que podía llamarse luz. Un ambiente blancuzco, mortecino y espeso, y pude ver que los horrores que me sitiaban no estaban ahí. Todo estaba en calma y existía sin mí, y aunque los ruidos perecían extraterrestres, nada me apuntaba con su cañón. Nada abría sus fauces para devorarme.

Miré a Nuria, que estaba despertando. Era insólito que hubiera dormido tanto. Que no hubiera escuchado los aullidos de los monos, los siseos de las serpientes, el reptar de los lagartos, el ronroneo del aire, los meteoritos cruzando el espacio exterior.

Nuestras camas eran el puro consuelo de no estar sobre la tierra, sobre hormigas y sabandijas. Las hojas se habían esparcido y dejaban ver la precariedad del lecho. Le acomodé una hoja debajo de la cara y le sacudí la frente. Adonis seguía sentado en su tocón, como un faquir, con la cara oculta en las manos, sin compasión por nosotras.

"Algo me picó en la boca", le dije a Nuria en voz baja. Ella se sentó, se talló los ojos, los abrió con trabajo. "¿Te duele?

Tienes la boca roja". Me tocó los labios con los dedos. Su tacto me quemó la piel y me erizó los dientes. Nuria quitó los dedos. Se paró y caminó unos pasos atrás para revisarse el cuerpo. Me desconcertó su gesto sin el ademán que me concedía cuando le reclamaba algo. Tenía los pantalones remangados, húmedos, la camiseta igual, los brazos y las piernas llenos de ronchas de piquetes de mosquitos, pero nada más. Me miró de nuevo: "Marcia. Déjame ver tu lengua".

Adonis se paró. Las hojas crujieron debajo de sus pies. Se acercó y me miró: "Se ve feo, pero no se va a morir. Si fuera un piquete de violinista ya tendría gangrena en el labio. Se va a pasar con unas hojas de ramón".

"¿Cómo sabes que no tengo gangrena? Dice Nuria que tengo los labios rojos". Adonis no contestó. Se había metido hojas debajo de los atados de paliacate en las manos. Parecía un hombre-árbol, un árbol con manos, una aberración.

"Haga favor y frote estas hojas y póngase el manojo sobre la boca. Es la planta que fui a traer ayer. Da consuelo y va curando, pero se tarda. Póngase también en los raspones del cuello, como yo, mire", dijo mientras recorría el paliacate de su mano hasta los dedos y levantaba las hojas para mostrarme sus heridas, que empezaban a sanar.

No reaccioné. No tenía nada que decirle. Si mis preguntas no eran bienvenidas, tampoco mi beneplácito, mis respuestas, mis aquiescencias, mis felicitaciones. Acomodó de nuevo las hojas puntiagudas debajo del paliacate y sacó un montón fresco de su bolsillo. Frotó, y de sus manos salió el olor de la planta.

"¿Trajiste agua?", pregunté mientras tomaba las hojas.

Asintió y le acercó a Nuria una botella de plástico y Nuria bebió.

"La traje de un arroyo".

"¿Y yo?".

Se agachó para servir más agua con otra botella. Se había encontrado un depósito de basura cerca del arroyo, o eso dijo. De ahí había sacado las botellas.

"Eso quiere decir que hay gente cerca".

"Parece un lugar de descanso de migrantes centroamericanos que salen de Tenosique y van al norte. Ellos dejan las brechas marcadas para que otros puedan seguirlas".

"¿Y los migrantes nos pueden ayudar? ¿Podemos seguir la brecha?". Adonis no contestó.

"Si los migrantes sobreviven, nosotros también. ¿Van a la carretera?". Adonis no contestó. Yo no había visto ninguna brecha marcada. Adonis se imaginaba cosas. Bebí el agua, me enjuagué la cara, froté las hojas y me las puse sobre la boca y el cuello. Me dolía hablar. Nuria me ayudó a fijarlas con una tira de plástico del impermeable. "Por favor, ya no te quejes. Hay que sobrevivir. Mis hijos me esperan".

"Mira quien habla. Ayer te estabas muriendo y te arrastré por toda la selva".

"Te voy a poner las hojas sobre la picadura y voy a apretar, ¿ok?".

Asentí. Me dio consuelo la firmeza de la atadura y las hojas frescas pegadas a la boca y debajo de la nariz. La araña me picó para que me calle la boca. El olor me ayudó a recogerme, como si tuviera el poder de mantenerme toda junta, de evitar mi dispersión, mi propagación, un derrame de mi personalidad hacia un mundo que no me necesitaba. Traté de imaginar cómo me veía con el pasamontañas improvisado de plástico azul y hojas puntiagudas como espadas saliendo de mi cara.

Adonis hizo una señal. Era hora de seguir y no pude preguntar a dónde. Tenía la boca cancelada. Hice señas para que me dieran un momento. Necesitaba hacer pipí. Me fui a un árbol y me recargué detrás del tronco, donde no pudieran verme. Me bajé los pantalones y los calzones y me puse en cuclillas. El chorro apuntó entre mis botas y me salpicó. Me sacudí, me vestí y regresé. Nuria caminó hacia Adonis. Se sonrieron. El cuerpo de mi hermana se comportaba como si todo fuera normal o aceptable y como si yo no estuviera ahí. Me horrorizó. Caminé detrás de ellos. No hablaban, pero sus pasos se acompasaban. Se coordinaban. Tal vez porque sus cuerpos no negaban lo que estábamos viviendo, mientras que el mío ni quería ni debía estar ahí. Era un error. Me forzaba a andar. Adonis me lo había dejado claro, los bichos me lo habían dejado claro. Yo no debía estar ahí. Caminar era un acto de esperanza fútil. No había asideros y gastábamos nuestra energía en una búsqueda sin planteamiento, pero nadie me escuchaba. Nos moriríamos de hambre. Por lo menos los migrantes sabían en qué dirección avanzar. Nosotros ni eso y no podíamos seguir sus pasos. Ellos no querían ser vistos. Eran sombras. Nosotros, en cambio, queríamos ser vistos y restablecidos en nuestra dignidad. Mientras tanto, la sangre me corría, caliente, por la cara y las encías, debajo del pasamontañas de plástico y las hojas de un árbol milagroso que, en lugar de curarme, su olor enervante me impedía fracturarme y esparcirme.

Nuria estaba concentrada, serena, entregada a la tarea de avanzar en círculos, como si Adonis fuera un profeta, o en el camino o en el proceso o en algo místico incomprensible para mí. Tenía la cuerda cruzada por el pecho como la carrillera de Zapata. En momentos, tenía que pararse a descansar. Recargarse en un árbol. Respirar profundo. Se estaba agotando, pero quería sobrevivir. Yo era la única que sabía que moriríamos, que la selva era un lugar atroz, que no éramos bienvenidos; y, sin embargo, Adonis no nos había abandonado. Yo me había equivocado. Había vuelto por nosotras porque era buena persona, pero ¿quién arriesga su propia vida por unas extrañas? Más bien quería su lancha. Tenía miedo de estar solo en la selva. Nos extorsionaría una vez que encontrara con quién hacer mancuerna criminal. ¿Qué hace todo el día un ciempiés?

Mi pensamiento no terminaba de ser mío. Me eludía. Estaba hongueado, humedecido, contaminado de esporas. La selva me obligaba a ver con la mente ajena. Como si esa muerte que viví, o esa vida que morí, o eso que me pasó en el río, aquella vida que perdí, se hubiera llevado la intimidad de mi pensamiento. Me sentía habitada por el río, por vaho, microbios, veneno. Ya no era sola contra el mundo. Ahora éramos yo y mis huéspedes, peleando unos con otros y el mundo en otra parte. No había otra lucha. Ninguna otra cosa existía. Yo misma empezaba a desaparecer para dar paso a mis invasores. A la muerte que me esperaba. A la cuerda. Al hacha. A las fauces de un animal bicéfalo.

¿Cómo podían soportar los obreros de las presas? ¿Cómo dormían? ¿Qué comían? ¿Quiénes se los comían? ¿Me moriría, mientras a unos metros talaban la selva para hacer las presas que yo defendí? La justicia era un animal macho. ¿Cómo podía ser que los migrantes pasaran de largo y nosotros en círculos?

Llegamos a un arroyo. Tuve la sensación de estar viendo algo que no estaba ahí. El agua corría revuelta a unos metros de nosotros. Adonis y Nuria bebieron y se limpiaron la cara y las axilas. Me quise deshacer la atadura para beber y lavarme, pero Adonis me detuvo: "No se lo quite, necesita un día completo. Le ponemos más hojas ahora que pasemos junto al ramón". Llenarme la cara de hojas era una trampa de Adonis para reírse de mí. Debajo de mi pasamontañas intenté preguntar para qué un día completo.

"Para sanar, señora. Ande en calma. Ayer seguí este arroyo y encontré un camino de regreso al río más adelante de los raudales, por donde andan pescadores. Si se silencia, lo puede escuchar".

Los ojos se me llenaron de lágrimas. No moríamos ahí. Asentí porque era lo único que podía hacer. Asentir y aceptar. Miré la tierra. Quería preguntar qué tan lejos estaba y a dónde nos llevarían los pescadores. Quería que Nuria me diera la cuerda. Le jalé la manga, le busqué la mirada, y cuando me la dio, levante el mentón y la amenacé con el gesto de mi cuerpo. No tenía otra herramienta ni sabía de qué otro modo comunicarme con ella. En sus ojos, vi el despertar de un proceso aterrador. Primero, una reacción brevísima, entrenada; miedo a mi fiereza, la reacción pavloviana de siempre: yo dominando y ella sumisa. Sacudió un poco la cara, como si en el acto mismo de responder al estímulo se rompiera un hechizo y descubriera el truco. La campana detrás de la llamada; la respuesta aprendida. Sus ojos cambiaron, no sé explicar cómo. Solo sé que cambiaron. Parpadeó varias veces y se secó las lágrimas con el hombro, extrañada de sí misma, y me miró con los ojos nuevos, y yo no bajé la mirada. La sostuve mientras los roles rotaban para poner a Nuria en mi antigua posición y a mí en calidad de mendicante. Eso sentí. Que me dominaba y ahora yo estaba avergonzada, agradecida, pequeña. Me quería morir, pero quería vivir. Nuria me dejó, como mi padre, a mi madre.

Paramos junto a un árbol. Los dos arrancaron hojas, y yo me senté en el piso a rascarme, desesperada, hasta sacarme sangre. "Puta madre", grité debajo de mi pasamontañas y solté patadas contra el aire. Sentía comezón en el cuero cabelludo, el cuello, las orejas, la cara, el pecho, la vagina, los muslos, los talones, el paladar. Me revolqué como perro sarnoso. Nuria y Adonis me ignoraron. No sentían la comezón que yo, ni el espectáculo los conmovió. Estaban arrancando hojas y unas frutas redondas y duras del árbol.

Mientras abría una fruta con los dientes y escupía una parte, Adonis explicó que ese ramón era el sustento de los herbívoros, que eran muchísimos: "Quizá veamos monos cerca de este ejemplar".

Nuria se acercó a mí, me levantó el bozal con la destreza de una enfermera, me dio de beber y sustituyó las hojas por nuevas. No me dio ni un segundo para hablar. No me miró a los ojos. Fijó otra vez la atadura y se echó a caminar sin decir palabra. Había suscrito con Adonis el pacto de silencio en contra mía. Adonis iba descalzo. Tenía los pies heridos y sucios, pero no se quejaba. Una parte de mí lo envidiaba. Hablaban entre ellos. ¿De qué podrían estar hablando? Quise escuchar, pero su tono era el de una conversación privada. Me acerqué lo más que pude y escuché palabras sueltas. Para mi sorpresa, no hablaban de mí, sino de la selva.

Llegamos al río. El sol era otro animal. Sin el follaje de la vegetación, se nos hubiera pelado la piel. Me sentí afortunada. Me paré en la piedra que se asomaba sobre el río, me arranqué con las dos manos la máscara y grité: "¡Ayuda! ¡Por favor, ayuda!". Si por gritar venían los jaguares a comerme, me inmolaría en el río. Prefería la muerte por ahogamiento que devorada por un felino, pero lo que más quería era la vida, así que grité y grité y grité sin importarme el dolor que me causaba mover la boca, el riesgo de llamar al enemigo o el hecho de que no lo consulté con Nuria y Adonis. La posibilidad de un rescate era lo único en lo que podía pensar.

Se asomó un pescador en un cayuco diminuto entre la bruma. Adonis hizo una señal con los brazos y el cayuco se acercó a una bahía entre las piedras debajo de nosotros. Los tres lo veíamos. No era una aparición. Adonis bajó a su encuentro. Nuria se sentó sobre la piedra, mirando en dirección al río, confiando en algo invisible. No estaba enojada o castigándome. Estaba desconectada de mí y enchufada a otra cosa.

Yo quería bajar con Adonis, pero el río me repelía. En cuanto inclinaba el cuerpo hacia el agua para encontrar mi paso sobre la roca accidentada, la memoria celular me llevaba al fondo del río revuelto, al raudal o lo que quiera que fuera esa fuerza indómita que me había matado y que me habitaba. Se me aceleró el corazón. No podría cruzar, pero tampoco quedarme donde estaba.

Adonis subió la piedra y explicó que el pescador nos podía llevar, uno por uno, a un caserío cercano donde nos podían ayudar. Le tomaría seis horas cruzarnos a todos, así que debíamos decidir el orden del rescate y ponerlo en marcha para hacerlo con luz de día. Si se hacía de noche, solo cruzaríamos dos.

Estaba claro que la primera debía ser yo, pero me quedé callada y me puse a llorar para obligar a Nuria a decirlo y así protegerme. Nuria tendría miedo de morir y dejar huérfanos a sus hijos, y aun así no cedí mi lugar porque el miedo de morir yo misma rebasaba todo lo que existía. Mi hermana dijo que me llevaran a mi primero y Adonis asintió. Yo guardé silencio. Aunque yo debía ser la primera por varias razones, empezando por mi piquete en la cara, más que sentirme agradecida, me quedé con la impresión de que les estaba haciendo el favor de dejarlos solos en la selva. No porque sospechara que entre ellos hubiera atracción sexual; solo una relación sin mí. Era desconcertante ver a Nuria como una persona distinta, sin el estrés de su inseguridad acosándola, hostigando, impidiéndole ser, cercana en espíritu a un muchacho de un pueblo ribereño en Tabasco y amputada de mí.

Adonis me dio la instrucción de bajar, pero no me acompañó. "La vemos en San José". Tuve que bajar la piedra como araña, de nalgas, los pies y las manos contra la superficie áspera, y el tronco levantado como caimán. Me intenté parar en cuanto vi al pescador sentado en el interior de su cayuco, a simple vista, con poca capacidad para tripulantes. No pude y volví a la posición. Llegué hasta el borde de la piedra casi acostada, temblando de miedo. Servando se acercó, clavando el remo en el agua y sacando un pie hacia la roca para acercar el cayuco y ayudarme a subir.

El espacio era imposible. No cabíamos ambos en la banca que él ocupaba. Me indicó que me sentara en el piso sobre la red. Había sacado unos seis pescados del agua que ahora estaban en el fondo de una cubeta frente a la banca.

No podía decirle que no. Que nunca quería acercarme de nuevo a ese río porque el día anterior me había matado. Me estaba ofreciendo salvar mi vida, pero mi cuerpo solo sentía la muerte. Me quedé paralizada, sentada en la piedra, mientras Servando esperaba.

Respiré un par de veces y asentí con la cabeza. Él me cogió del brazo y me ayudó a subir y esperó a que me acomodara en el suelo detrás de la banca sin decir una sola palabra. Solo viendo al río, como si hablaran. Me agarré a los bordes y me acomodé sobre el suelo húmedo. Él se sentó en la banca de espaldas a mí y empujó el cayuco con el remo hacia el agua.

El río serpenteaba, bordeado de montañas oscuras. Me cubrí como un capullo para no ver. Mi único consuelo era llegar a un lugar con comunicaciones. Le pregunté a Servando cuánto faltaba para llegar al pueblo, y contestó que San José no era un pueblo. Era un caserío pobre y una iglesia. No dijo otra palabra en todo el trayecto. Se dedicó a remar con la cadencia exacta que el río pedía. Era sedativo, inquietante, ancestral. Yo tenía curiosidad, pero no podía ver porque sentía terror de no entender, y no podía hablar porque no quería escuchar mi propia voz. Me daba vergüenza ser yo misma. Me daba miedo el río.

La navegación fue un combate. Mi cuerpo estaba tieso contra el suelo del cayuco y el río hablaba en su lenguaje cifrado. Mi miedo se expandía más allá de mi cuerpo.

No supe cuánto tiempo pasó cuando llegué al muelle de San José, que en realidad no era un muelle, sino un remanso de tierra salpicado de basura al lado de un cementerio improvisado.

Servando se acercó, me ayudó a bajar y me indicó el camino a la tiendita: "A veces abre, y a veces, no". Le pedí que me acompañara, y me miró mientras negaba. Los otros dos lo esperaban.

Me bajé de la lancha y caminé entre la basura hacia el camino de tierra que separaba la orilla del río de las casas, en efecto, pobres y escasas. Frente a mí, encontré una construcción pequeña, pintada con una sola capa de azul rey, de techo de dos aguas y un letrero en semicírculo sobre el arco de las puertas cerradas: *Iglesia evangélica de la comunidad San José*. Frente a la iglesia, se extendía un jardín descuidado donde deambulaban dos perros flacos, amarrados a una palmera.

Caminé por el andador de tierra, sintiendo que daba el primer paso lunar de la humanidad, y al cabo de algunas casas, encontré la tienda. Sobresalía por el techo de dos aguas el humo gris de un fogón. Entré en la tienda, húmeda y oscura. Pobre y sucia. El olor a fritanga me hizo salivar. Mientras estuvimos perdidos, el miedo se plantó en el centro de todo y el hambre se ocultó. Primero las bestias. No teníamos qué comer y por esa razón, no teníamos hambre. El cuerpo sabe. Detrás del mostrador, una niña limpiaba frijoles.

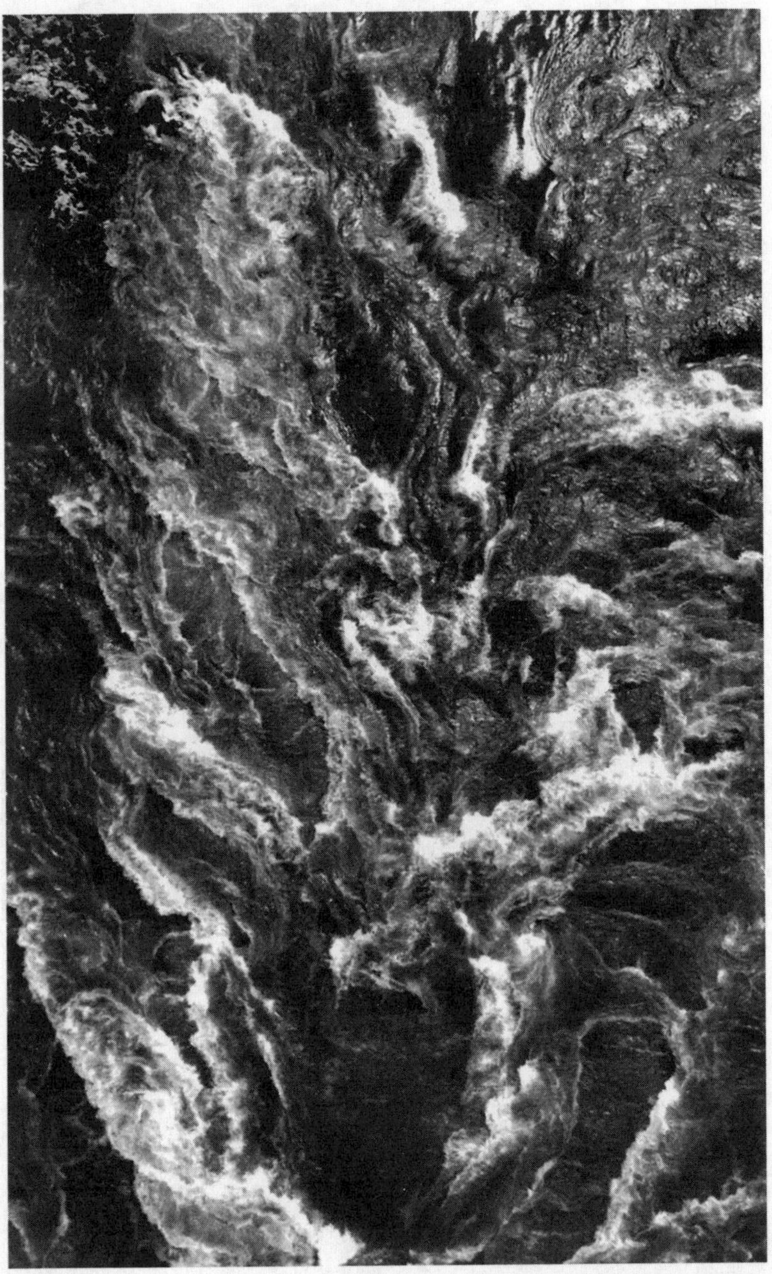

Imagen aérea de los raudales de San José en el Río Usumacinta en Tabasco. © "Imágenes del Usumacinta". 30 de octubre de 2023. Fotografía de Emilio Chapela Pérez.

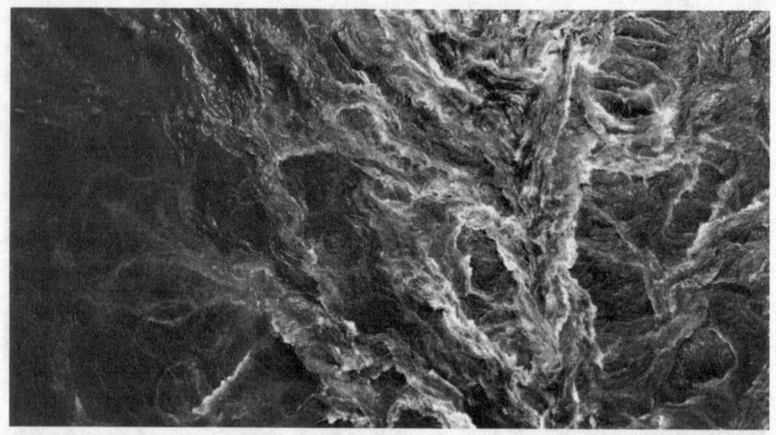

Imagen aérea de los raudales de San José en el río Usumacinta en Tabasco. © "Imágenes del Usumacinta". 30 de octubre de 2023. Fotografía de Emilio Chapela Pérez.

Imagen aérea de la desembocadura en el Golfo de México de los ríos Usumacinta y Grijalva en la región de Pantanos de Centla, Tabasco. © "Imágenes del Usumacinta". 30 de octubre de 2023. Fotografía de Emilio Chapela Pérez.

Apenas entendía lo que veía. La niña desapareció detrás una cortina. Las piernas me temblaban. Mi torso ajeno se deslizó por el mostrador y, con los brazos, me agarré fuerte del otro extremo para no caerme. Escurrió baba de mi boca abierta sobre el vidrio, lágrimas de mis ojos y me temblaron los dientes. Me sentía catatónica y cerca de una crisis fisiológica.

Apareció un tipo joven, como Adonis, más robusto y menos alto. Al verme, gritó: "Carmela, ven para acá". La mujer alcanzó a sostenerme en lo que él me acercaba una silla. Entre los dos me sentaron.

"Encárgate", le dijo la mujer a la niña, que me acercó a la boca una bebida. Bebí y pedí más, hasta que me acabé la botella. Me trajeron un plato de frijoles calientes y me los devoré.

"¿Cómo llegó aquí, señora?", preguntó el tipo. Supliqué a gritos que me llevaran a Tenosique. Me preguntaron si había más personas en mi expedición, y dije que el pescador que me trajo había ido a buscarlos al otro lado del río, que eran dos: mi hermana y el lanchero. "¿Y cómo se llama el lanchero?".

"Se llama Adonis".

"Adonis es buena persona", dijo la mujer, "tienen suerte".

Me ayudaron a caminar hasta la orilla del río y me instalaron en la misma silla de plástico blanco. No pude protestar, no sé por qué. Me dieron más hojas de chimón para mi boca. Me dijeron que irían al muelle a esperar al pescador con los otros náufragos. Dejaron a la niña encargada de mis necesidades, y en cuanto salieron, la niña desapareció hacia la tienda y me quedé sola.

Tenía los pelos en la cara y no pude pedirle a mi mano que me despejara los ojos o pedirle a mis ojos que se despegaran del río, que bajaba revuelto. Mi cuerpo no tenía su permiso. El río mandaba. Me sentí la loca a la que sientan frente a una ventana o una televisión.

Me quedé viendo el agua y escuchando un rumor: otra vez el rumor del primer día; pero ahora mi oído diferenciaba. El río hacía como un estómago hambriento. En cambio, el rumor venía del gramófono y encañonaba un ruido de sopletes, rotomartillos, deslaves, piedras en caída libre a mucha distancia. El rumor eran las máquinas. Me invadió una sensación de pánico y recordé los cuellos rojos y amarillos de las grúas entre columnas de humo cuando navegamos en dirección al naufragio. ¿O era neblina? El metal incandescente de los sopletes cayendo en el río. ¿Me inquietó cuando lo vi? No lo recordaba. Intenté asomarme hacia el río, no sé para qué. No vi nada. Una bruma densa ocultaba el paisaje. Solo el agua revuelta se arremolinaba cerca de mis pies. La bruma me cruzaba igual que al río, como si mi cuerpo hubiera perdido su solidez, como si fuera el aire. Me dejé vencer y cerré los ojos. Rotomartillos. Tal vez el carro de una grúa torre corriendo sin aceite por las vigas metálicas, o tal vez una enorme ballena de concreto cruzando el caudal, buscando bajar en la posición exacta que los ingenieros dispusieron. Escuché a cientos de ellos ahogarse y gritar, o quizá eran gritos de animales. Los eructos de los saraguatos. Pajarracos con el gaznate abierto a capacidad. Lombrices haciendo nido en mis tripas. Deslaves, en el mejor de los casos. Me subió el pulso. O me bajó. ¿Me estaré muriendo? Me ardió el pecho. No entendía lo que escuchaba. Eran cadenas o cavernas o una fundidora colapsando o sierras eléctricas.

Me oriné y vi a la niña. Me estaba sacudiendo. Me había caído de la silla.

Me despertó dándome a oler alcohol. "Le dio el soponcio", dijo con mi cabeza sobre sus piernas. Estaba tirada en la tierra húmeda. Meada. Perdí la conciencia.

"Le traje una camiseta y una toalla". Me paré con trabajos y ahí mismo me quité la ropa y las botas. Mis pies parecían escobas de vara. Con su ayuda, me puse la camiseta y me enredé en la toalla. La niña me trajo una liga para el pelo y me peinó con una coleta. Se quedó a mi lado y, al cabo de unos minutos, me dijo que iría a lavarme la ropa y de nuevo desapareció. Yo volví a mi posición de loca frente a la ventana. El cuerpo inclinado, incapaz de sostenerse.

Miré con la memoria las curvas del río como si fuera un túnel dando coletazos, una vorágine, una serpiente siseando, sacudiéndose dentro de un costal, rayada de fierros, costillas, que en realidad eran los cuellos de las grúas, forjadas por legiones de hormigas en chalecos amarillos que se la intentaban comer. Entre las costillas, se erigía una cortina monumental de concreto y piedra, como un hacha que parte en dos el cuerpo de un animal, una nube de polvo, que es el veneno que eyecta su boca, sus dientes y el agua trunca que agoniza, inundaciones, gente flotando, chocando contra la cortina, y de nuevo el ritmo cardiaco acelerado. Era otro ataque. De golpe abrí los ojos e intenté calmarme. Me costaba respirar. Los pulmones intentando jalar algo que no reconocían. Me paré de la silla y tomé aire por la boca. Enfoqué la mirada en mis manos. Me recargué. El apagón había sido pánico de las máquinas. Pánico de la venganza. Terror de estancar el agua. Terror al estrangulamiento mutuo. Eso pensé. Jamás tendré paz. Quizá eran alaridos de bichos y mis oídos ahora los percibían. Un merolico que hablaba incoherente y sabía de picos y palos y martillos que decían retribución, retribución, retribución. Caminé en círculos alrededor de mi silla, respirando profundo, viendo el cielo en lugar del agua, pensando en respirar, en mantenerme en pie y que el corazón no se me saliera del pecho.

La expedición llegó tarde. La niña y yo nos metimos a la tienda. Mi hermana y Adonis no estaban bien, pero no tan mal como yo. ¿Habían llegado juntos? ¿No que uno por uno? Nadie dijo nada. La mujer les dio frijoles y agua, y yo nomás miré.

"¿Estás bien?", me preguntó Nuria.

"Estamos vivas", contesté, y no conversamos más.

Cuando acabaron de comer, Adonis se soltó con el relato de nuestro extravío. Dijo que la selva había sido noble con nosotros. Que había querido que viviéramos, que nos mostró el camino. Me dieron ganas de gritarle, pero el río me había quitado la voz.

La mujer se acercó a mi hermana y a mí para preguntar discretamente si necesitábamos algo. Yo dije que me quería lavar y me llevaron a un sitio con un tambo de agua. Mi cuerpo casi no se sostenía y la niña me ayudó. Me recargué en su hombro para lavarme entre las piernas. Me eché agua con una jícara. La niña me había lavado los calzones. Hice buches con pasta de dientes.

La mujer me ayudó con el ungüento de la boca, que debía prepararse con las hojas del chimón y vaselina: "Una vez que se lo ponga, ya no toca hablar".

Regresamos a la tienda, que era también la casa, y el marido había acomodado unos petates en un rincón. Nuria y Adonis ya estaban acostados, no cerca pero tampoco lejos. Me prestaron una sábana manchada y rota. Antes de apagar el único foco que tenían, nos dijeron que el taxi estaría por nosotros a la mañana siguiente.

En la duermevela, mi imaginación veía cosas sin sentido. Primero el río crujió mucho rato, como si fuera un incendio. Luego era un caimán que se acomodaba en una grieta y su cuero chasqueaba de viejo y de seco y buscaba ocupar el espacio en el resquicio de la grieta, que le quedaba chico. Se amoldaban grieta y caimán, según lo que escuché, pero había sangre, y el caimán nomás miraba con las fauces abiertas, que parecían de serrucho, y le dolía la piel quebrada, pero estaba cansado y dejó de crujir. Luego aparecieron los sapos, eso pensé. Eran miles o millones. El caimán se había hecho roca, y por su costado bajaba el agua de la lluvia que barría todo y entraba como goteras por el techo de la tienda. Luego vino un viento que se llevó la lluvia y comenzó la estridulación nocturna de grillos, escarabajos, cigarras, chinches, abejas, alacranes. Chillidos, pleitos, árboles partiéndose de puro espanto.

En el patio, en una de las mesas próximas a la calle, una señora, con la cara redonda y brillante por el sudor, esperaba con la mirada perdida. Achis, pensé. La licenciada. En la silla de al lado se veía el expediente judicial con sus tapas verdes.

En cuanto la mujer se dio cuenta de que la veía, se paró, dijo mi nombre y estiró la mano. Estiré yo también la mano y la saludé. "Para qué soy bueno".

La señora se limpió la mano en el pantalón. Tenía la cara asimétrica. Habrían sido productos de la belleza mal administrados. Aquí en Tenosique las muchachas llegaban a inyectarse hasta aceite de cocina en el trasero con tal de no verlo caer. Ni se diga en el *TVyNovelas*, uno veía cosas feas y se enteraba de cualquier cantidad de atrocidades cometidas en nombre de medicina estética.

"Permíteme presentarme. Mi nombre es Marcia Corona", dijo apenas abriendo la boca. "Tengo aquí el expediente de las presas".

Me quedé un momento mirando: no era gente de Epigmenio sino de IBAK. A menos que ya hubieran unido fuerzas. Si no es Chana es Juana. Lo que no sirve se muere. "¿Qué quiere conmigo?", pregunté con mala cara.

"¿Mi nombre te dice algo, Príamo?".

"Está autorizada en ese expediente que tiene ahí".

"No solo estoy autorizada. Yo desarrollé toda la estrategia jurídica para defender a IBAK".

"Ah, pues felicidades. Qué voy a decirle. A mí por qué me cuenta eso. Y el tal Molina, ¿qué?", pregunté por menso, porque ni quería saber, pero me salió en automático la pregunta. En el expediente, ella era una del montón y el tal Molina firmaba todo.

"Es cierto que él figura como titular, pero esa fue una decisión del despacho que se tomó por temas internos. Yo gané el amparo y no él. Él no hizo nada".

"¿Y qué quiere usted conmigo?", dije con nostalgia de cuando me emputaba. No me esperaba esa conversación, no quería hablar del juicio, menos con la enemiga, pero tampoco me importó tanto como para encabronarme. Era triste de veras. En otro momento, no habría podido mantenerme en regla. Habría saltado al otro lado de la mesa. Le habría gritado asesina. Le habría deseado la muerte. Pero los vencidos perdemos el don y nos sosegamos.

"Quiero que consideres algo, Príamo. Yo sé que es una situación poco común, que quizá me odies", dijo como si todo se tratara de ella o de mí, "pero considéralo por favor. Yo ya no trabajo en ese despacho que defiende a IBAK. IBAK ya no es mi cliente. Conozco ese juicio mejor que nadie y puedo ayudarte a ganar. Aquí tengo el expediente".

No supe qué contestar. ¿Cómo ganar cuando ya perdimos? Me estaba tomando el pelo. Fanfarrona y tramposa. Quién sabe qué puerquero la habría traído hasta Tenosique.

"Pero si ya están aquí construyendo".

La mesera se paró al lado nuestro con su libreta en la mano. Mascaba chicle y veía en dirección a la cocina. Yo me crucé de brazos y me recargué en el respaldo de mi silla a mirar a la licenciada y a esperar.

Pidió dos tacos de bistec y me animé yo también. Luego pidió agua de jamaica y yo dije: "Que sean dos". La mesera se fue, y volvimos a la situación. Yo solo podía mirarla intrigado. Parecía un perrito chihuahua con el cabello chino. Bajé los ojos y los posé en la mesa. Quería pensar, pero no tenía mente. Le pregunté qué interés tenía ella en el asunto y dijo que era complicado de explicar. Yo de menso abrí la boca.

"Dinero de quién, ¿del río?", dijo ofendida.

"Del narco".

"No, Príamo. No hay ningún dinero. El río me convenció".

Chasqueé la boca. "Usted piensa que porque soy pobre también soy tonto. Mi compañero abogado, que me ayudó con la demanda, me dijo que es difícil revertir esa sentencia. Es casi imposible, me dijo. Solo con ayuda internacional".

"No te mintió. Sí, es difícil, pero yo sé cómo".

Llegaron los tacos. Las tripas me crujieron. Le pegué una mordida al primero y lo mastiqué un buen rato. No sabía tan rico cómo olía. Era puro pellejo. El rugido de mi panza no era hambre, sino puro pinche coraje. Maldita gente. Se me quitó el hambre. Me di cuenta de que sí estaba encabronado. No me daba buena espina la licenciada ni le creía una sola palabra.

"Quédese sus tacos. Yo me voy". Me paré de la mesa y la señora me detuvo: "Príamo, dame la oportunidad de hacerte una propuesta".

Pensé en los dramas en mi revista favorita: *Príamo deja a la licenciada cenando sola en un restaurante del centro de la ciudad.*

"No me ande siguiendo. No quiero tener nada que ver con ustedes".

"No hay ustedes. Soy yo sola. Siéntate y te explico".

Me tallé los ojos y resoplé. Me daba no sé qué dejar esos tacos. Vi el reloj. La camioneta se acababa de ir y la siguiente salía en hora y media. Me lleva la chingada, pensé, y me senté frente a ella, resignado a escuchar sus mentiras.

"¿Y por qué yo voy a querer su ayuda? ¿Y por qué le llama ayuda?, si está claro que trae su agenda personal. No me interesa a mí ayudarla a usted, más bien. Sus motivos no pueden ser buenos".

"Siéntate por favor. Déjame explicarte".

Hay días así, pensé, días en los que pasan las cosas más extrañas y parecen días falsos. Las personas parecen extras en una película, las cosas no llegan a sus lugares habituales, nada se cuaja y, sin embargo, estás ahí, viviendo ese falso día, hablando con una señora a la que se le pasó la mano con el inflador de labios y que es tu acérrima enemiga, pero que te ofrece la única cosa que has querido, pero es una indigna y te va a traicionar y quieres esos tacos, aunque sabes que te van a caer mal, y al día siguiente parecerá que ese día no pasó, salvo porque te va a doler la barriga, y nadie te va a creer y tú mismo dudarás si estuviste ahí, pero el calendario dirá que ese día sí pasó, y no habrá nada que puedas hacer al respecto.

"Le doy diez minutos. Ya me quiero ir para mi casa".

La licenciada se echó los tacos en tres tarascadas y yo en dos. Había que sacarlos del camino.

"Hace algunas semanas me corrieron de mi despacho. Fue justo después de ganar el juicio de las presas", dijo limpiándose los bigotes de agua de jamaica sobre la piel rugosa de su deformación labial. "Justo después de que presentamos nuestra Declaración de Huella Antrópica y te revirtieron la suspensión. Para qué te miento, quiero que revisen la sentencia porque quiero vengarme de los que me corrieron, pero hay otra cosa que me motiva. Yo no conocía el río Usumacinta antes del juicio. Después de que levantaron la suspensión, vine con mi hermana y contratamos a un lanchero para que nos llevara a Yaxchilán".

"A Yaxchilán no se puede ir. Está muy alta el agua".

"Yo no tenía interés en Yaxchilán, esa era mi hermana, pero quería ver la obra de la presa. Por eso vine. Nuria quería ir a las ruinas mayas y el lanchero no nos quería llevar, con toda razón, pero yo ya le había pagado la mitad y le insistí. Unos kilómetros adelante de Boca del Cerro, naufragamos".

Los ojos se me pusieron como platos y me llevé las manos a la boca. Madre purísima, santa y gloriosa, pensé. La náufraga. Volteé pa todos lados. Era ella.

Al ver mi cara de susto, la señora paró su relato y frunció el entrecejo. Le vi bien la cara. No habría sido violinista, pero qué feo piquete le dejó la alimaña. Parecía un afta de drogadicta, y alrededor del boquete, una rozadura rugosa y roja con la aureola descarapelada. Si hubiera sabido lo que yo sabía de ella. Válgame, Dios. Que maltrató al Adonis, que casi los mata, que se puso histérica y que fue una carga peor que la selva misma. Eché una tos falsa para disimular mi shock. "Sígale, cuénteme más".

"Adonis dijo que no podíamos cruzar ese raudal, pero yo insistí, y el río se tragó la lancha. Se hizo añicos alrededor de mí y quedé sumergida en una corriente feroz. Intenté nadar hacia arriba, pero tenía una cuerda enredada en el cuerpo, y cuando la jalé para sacármela, me estranguló. El tiempo se detuvo. No escuchaba nada, salvo el siseo furioso del remolino. Con la cuerda alrededor del cuello y el pecho, moví los brazos y las piernas para salir, pero no entendía dónde era arriba y dónde abajo. Me estaba ahogando. El remolino me tragó y me sacudí desesperada, con los ojos abiertos, con la boca abierta, el pecho apretado y el rumor sordo del horror y la angustia en mis oídos. Mi cuerpo rotaba, chocaba contra cosas, se hundía. Cuando ya no pude más, solté las piernas y los brazos y experimenté la muerte. Así lo recuerdo, aunque me cuesta discernir. No recuerdo nada más, salvo el horror de ahogarme y la vergüenza de haberme equivocado".

"Dios santo, señora, y luego ¿qué pasó?".

Contó la noche en la selva. Los ruidos y el miedo. Yo nomas me imaginaba al pobre Adonis todo escuálido, intentando mantener la cordura. Yo no le deseo ni a mis enemigos pasar una noche ahí. Quizá solo al Epigmenio.

Dijo que desde que el río se la tragó, tenía la sensación del agua dentro y no como cuando te entra agua al oído o como cuando nadas y tragas agua sin querer, sino un torrente que le corría por todos lados, no por las venas, no como si fuera sangre o aire, sino como si fuera el río mismo, y que escuchaba el sonido del agua corriendo como un rumor molesto y que luego le picó la araña. Que pensó que le había picado para callarla.

Pobre mujer, pensé. Para mí, la araña le picó para alertarla. No está preparada para vivir esta invasión extraterrestre que es el río cuando lo cruza a uno. A muchos les ha pasado y los hay deschavetados de por vida o quienes nomás no aguantan los zarpazos que pone esta región indómita y prefieren el silencio eterno al ruido y el mareo que es la convivencia con la sensación del río dentro del cuerpo. Así me lo han descrito gentes mucho más conocedoras que la pobre licenciada. Acá mucha gente tenía mal de río por infortunios que habían vivido con él y no todos andaban bien.

La vi titubear, como si de repente se hubiera dado cuenta de que me estaba contando de más, y dije: "Qué gacho, señora", para que viera que me importaba su condición y que me podía contar más. Sonrío poquito y siguió con que Adonis se había encontrado el árbol medicinal, que su hermana le había hecho un pasamontañas con tiras de plástico y adentro le puso las hojas del árbol. Me contó de un sitio donde pasaban, según el lanchero, los migrantes que nunca vieron, que eran sombras, que volvieron al río adelantito de los raudales, de lo valiente que había sido Adonis y lo generoso de Servando, el pescador que los rescató, hasta que llegó al Malcom. "Ahí lo pasé muy mal, porque sufrí ataques de pánico y nos hicieron dormir en unos tapetes llenos de chinches". Apreté la boca para no soltar la carcajada.

Se tapó los ojos con una mano. "No soy la misma, Príamo. Me siento habitada y no me gusta. No me gustan las teorías de la conspiración. No me gusta la sensación de estar como embrujada, pero esto que me está pasando no se puede negar".

Mi celular no tenía cámara. Si hubiera tenido, le hubiera mandado una foto al Malcom: *mira quién me invitó unos tacos en el Palms*. El chisme que se hubiera armado. El Malcom le habría marcado al compadre, el compadre le habría dicho a la Meche, que le habría llamado a la Mari, que me habría sacado del Palms de los pelos, más por chismosa que por celosa.

La licenciada se incorporó. No estaba llorando, pero sí se veía malita de su cara y de su cabeza. Lo demás era pura actuación del canal de las estrellas. Le sonreí. "Usted no sabe lo peligroso que es hacer cosas como esa, licenciada".

"¿Perderse en la selva?".

"Ofrecernos ganar el juicio que ya dimos por perdido, cuando sabe que nosotros no tenemos recursos".

"Es un riesgo, pero quiero tomarlo".

Nos quedamos en silencio un momento, ella mirándome todo el rato, como si mi cara fuera mi palabra. Yo nomás negando con la cabeza, porque el riesgo no era para ella, sino para nosotros. Maldita gente, pensé.

"Oiga, ¿no es ilegal cambiar de bando?".

"Sí. Me pueden denunciar por conflicto de interés. Necesitamos hablar con tus abogados para zanjar este asunto".

Chasqueé los labios de nuevo. "¿Cómo le va a hacer o qué?".

"Vamos a promover distintos juicios, porque hay muchas cosas sucediendo aquí que se pueden reclamar".

"¿Cuánto tiempo me da para pensarlo?".

"Mañana me dices temprano".

"No tenemos ni un peso".

"Mañana me respondes con un sí y vemos cómo".

Intercambiamos números de teléfono y nos despedimos con un apretón de manos. Tendría que haber dicho que sí, pero me sabía a boñiga aceptar las limosnas de una tipa que venía por su venganza de oficina. Que, de paso, el río saliera favorecido, era el colmo. Que ella pudiera, y nosotros, no, que ella pudiera, y Mendoza, no, solo porque tenía recursos, era una reverenda chingadera. Por lo menos, Usuma la había revolcado. La justicia es de Dios y no del hombre, pensé.

En lugar de subirme a la camioneta, me fui a pie por el camino. Muchas veces, en la lucha, me habían tratado de convencer de ver el lado bueno. Me decían: "La presa traerá empleos", "será una región industrial", "el agua no se ensucia con la presa". Pero en esas conclusiones no cabíamos todos y era siempre mi argumento: "Hay que proteger la vida", y la gente decía: "Y cómo vamos a vivir sin trabajo", y yo decía: "Hay que trabajar para nosotros, para el río, para nuestras comunidades y no para los gobiernos y las empresas, a los que nosotros y nuestro hábitat no les importamos", y me decían: "Pues son ellos los que traen el dinero", y yo decía: "Pero qué dinero van a traer. Nomás se lo llevan, si hay pura miseria en la tierra que se muere, mira nada más cómo están los chinos en el río Mekong, como está el corredor seco en Centroamérica", y la gente me decía: "Nosotros qué vamos a saber de los chinos, nosotros ocupamos empleo ahorita", y yo decía: "¿Qué va a pasar cuando acabe la construcción? Ya no te van a necesitar y ya perdiste tu casa, y tu pueblo ahora está bajo el agua de un embalse", y ellos decían: "Pero las empresas nos prometieron otras tierras con alumbrado y drenaje", y así me iba por horas, repitiendo la conversación con la gente de la región que no acababa de creerme que los del gobierno son como son, y que con las presas el río dejara de correr porque lo veían lejano en el tiempo. El hambre es así, uno llega a pensar que es normal cambiar la casa por las tortillas.

El cuento de la licenciada, de que el río la tenía sometida, era cierto. Eso sí. Ella no tenía la experiencia ni la información suficiente para inventarlo. Se le quebró la voz al contarlo. Aun así, no me podía compadecer de ella como del Adonis o como de otros que habían vivido los horrores en la selva, porque ella sabía sacar provecho y los demás se quedaban locos y tontos y pobres y muertos, como el bisabuelo Antonio.

Me pasé la noche dando vueltas en la cama, como Juan de Dios en su excursión de floripondio. Quizá Mendoza ya no quería trabajar en el juicio y no lo culpaba. Ya nos habíamos resignado, ya hasta nos habíamos despedido, y quizá ya no tenía tiempo porque veía toda clase de asuntos del medio ambiente; pero, aunque no quisiera, si la licenciada tomaba las riendas, Mendoza tenía que ayudarnos.

Se me hizo de día ahí nomás tirado y de plano tomé mis guaraches y me salí del cuarto. Mari ni se enteró. Me fui a casa de los compadres y me encontré a la Meche en camisón, trapeando la estancia de su casa. La espanté sin querer.

"Canijo Príamo, ¿qué haces aquí tan temprano?". Me miró con los ojos grandísimos y me hizo esperar afuera.

Me fui a sentar debajo de la lona del Epigmenio. El corazón me batía como si anduviera crudo o drogado. Estaba inquieto, de malas, preocupado. No sabía dónde colocar la esperanza, pero Mercedes me lo iba a decir.

Aparecieron el compadre y la Meche con cara de circunstancia. El compadre ni las lagañas se había quitado. Les conté lo que había pasado con la licenciada. "Ella dice que puede ganarle a los de las presas y revertir todo el asunto. No sé si creerle. Me da desconfianza la señora".

"Vete a Jonuta", dijo la Meche. "Tómale la palabra y vete a Jonuta orita mismo con ella. Gana ese juicio, Príamo".

"¿Y si es pura mentira?".

"Entonces, es pura mentira. Ayer me lo dijiste tú, ¿qué te puede pasar que no te haya pasado? Llámale a la señora y acepta", dijo cruzándose de brazos y bufando como un toro. "Ni un milagro sabes ver, Príamo. Ya vete de aquí".

¿Y el agua, apá? ¿Qué agua, tú? La de los ríos. ¿Qué ríos, tú? ¿Pues no se llama así esta zona? Ah, chingao, mija, sí, cierto. Los ríos. Ya me acostumbré a decirle así a este terragal seco. Pues a saber qué le pasó al agua, mija. Se la habrán tomado los perros. ¿Qué hay en lugar de los ríos, apá? Pues hay borlas, serpientes, iguanas y un alacrán. Se avista una pesadez, una penumbra, una casa abandonada, un borramiento, un rumor. ¿Cómo un rumor, apá? Pues así, mija. Como un fantasma que chifla. Las cosas que rumorean son de otro mundo, mija. ¿Este es otro mundo, apá? A saber, mijita, qué mundo sea este. La gente habla, mijita. Dicen quién sabe qué cosas del agua de antes, como si corriera libre. A mí me suena a otro mundo. Pero cuál es el otro, apá. ¿Este o ese? Pues depende, mija. Para nosotros, ese del agua que corre es el otro. Para ellos, este. ¿Y somos los mismos los de este mundo y los de aquel? A saber, mija, si seremos o no los mismos. A mí me da que ellos son ellos, y nosotros, nosotros. ¿Y por qué les tocó a ellos el agua que corre y a nosotros puro polvo? Pues porque ellos nacieron en la era del agua y se la acabaron. ¿Y eso, apá? Pues así, mija. Se la acabaron quién sabe cómo. ¿Pero qué no sabían que veníamos más, apá? Pues sí, hijita, pero igual se la acabaron. Por eso te digo que ellos son ellos, y nosotros, nosotros. ¿Y los árboles, apá? ¿Es cierto que esas varas muertas con brazos chuecos eran verdes? Sí, mijita, bien verdes. ¿Qué tan verdes? ¿Como el agua musgosa del pantano? Más, mija. Más verdes. De hartos verdes, pues. Dicen que las plantas, además de verdes, eran coloradas. ¿Me estás echando cuento, apá? No, mija. Es la pura verdad. Había frutas amarillas, verdes por fuera y rosas por dentro. Había flores azules. Pájaros con colas verdes y blancas. Había raíces que tenían perfume y que curaban de mal de garganta. Apá, y ¿todo eso a dónde está? Pues muerto, hijita. Entonces, no está. Pues sí, está, pero está muerto. ¿No sería mejor que no estuviera? Pues no sé, pero el caso es que sí está y está muerto. ¿Y lo podemos ver? Pues solo si te lo imaginas, mija, porque verlo, lo que se dice verlo, no. No podemos. Ya jue. Ya se jue pa' siempre. ¿Y nosotros, apá? ¿Nos vamos a morir igual? Pues a este ritmo, mija, platicando en lugar de buscar agua, nos vamos a morir bien pronto. ¿Y los demás, apá? Es igual para todos, hijita. Ya dimos con la igualdad.

Llevaba siete noches en Tabasco. Hotel, selva, clínica y hotel. Algo así. Había sobrevivido al ahogamiento, la selva, la deshidratación, la inanición, ataques de pánico y a la araña. Me sentía, a la vez, muerta e inmortal. El ahogamiento se sentía reciente y, a la vez, ancestral.

Desperté en el hotel, desorientada y con la boca seca. Había soñado con mi padre sentado en su sillón viendo tele. La piel le brillaba y el pelo de la nuca goteaba sudor sobre la tela del respaldo de la silla. En la televisión había estática. Mi madre contaba dinero en la mesa de la cocina y anotaba la cuenta en su cuadernito. Yo lo sabía: el dinero iba a dárselo a él. En el sueño, yo había perdido la virginidad en Yaxchilán y no mi hermana. Nuria no estaba en la escena. La araña que me había picado aún rondaba la casa. Si no me atendía en un hospital, me iba a morir. La araña me lo había dejado claro de algún modo. Aun así, no les interrumpí para pedir ayuda. Dejé que el veneno avanzara por mi cuerpo, y cuando quise hablar, ya estaba paralizada. No pude decir nada.

De mis tres moradas en ese viaje, la menos desagradable era ese hotel; pero ya no estaba mi hermana conmigo y me sentía mal con ella. Como si le hubiera hecho algo con alevosía, cuando fue ella la que me llevó a esa selva a morir, me dejó de hablar y se fue. Nos salvamos de milagro. Lo que fuera que hice, no lo hice con maldad, pero ella no lo veía así. Nuestras mentalidades eran incompatibles.

Yo debía estar descansando, eso me dijeron en la clínica, pero yo no sabía descansar. Descansar era perder, y aunque muchas cosas se habían movido de lugar y ya había perdido bastante en ese encuentro con el río, la sola idea de detenerme me horrorizaba.

La llevé la noche anterior al aeropuerto en Villahermosa. Eso quiso hacer en cuanto salimos de la clínica. Le rogué que se quedara, pero sentía una urgencia vital por estar con sus hijos y abrazarlos. Su viaje de autoexploración le había mostrado que debía luchar por ellos. Confirmó que las ruinas mayas eran su vocación: "Su preservación es mi prioridad, aunque eso represente enemistarme contigo".

Me dolió su comentario. ¿Por qué habría de enemistarse conmigo? Yo no quería la destrucción de los sitios Mayas. Era absurdo colgarme ese muerto a mí, pero Nuria siempre lo hacía. Si algo salía mal, era mi culpa.

Mientras estuvimos internadas en la clínica de Tenosique, en un cuarto compartido con otros seis sujetos, le dije que cuando me dieran de alta, me quedaría en Tabasco e intentaría ayudar al tipo que había promovido el amparo a detener la obra. Me había quedado claro, no sabía bien cómo, entre los raudales y ese momento, que había que detener las presas. "Lo que hemos vivido es suficiente razón para defender al río".

Pensé que a Nuria le habría gustado saberlo, pero no fue así. La miré y sonreí, pidiendo su conformidad. Nuria me lanzó una mirada vacía desde su cama y, sin sonreír, cerró los ojos, me dio la espalda, y ahí terminó el intercambio. La conversación sobre el río y las pirámides suplantaba otra que no llegó. Me quedé dormida esperando a que volviera el cuerpo para hablar. Yo quería que Nuria supiera que me importaban su vida y sus cosas, pero no podía decírselo así tal cual porque no me iba a creer.

Desde ese momento, nuestra comunicación fue transaccional. No dijo nada cuando me arranqué el suero. Me vio berrear y gritarle a una enfermera que intentó controlarme mientras yo balbuceaba: "¿Por qué no me sacan al río de adentro?". Si cerraba los ojos, me jalaba un remolino negro y sentía que me ahogaba otra vez. La enfermera me sujetó los brazos y me buscó la mirada para decirme que si había sobrevivido, era porque el río así lo había querido: "Ya verá, señora Marcia, ya nos han llegado otros así y al cabo del tiempo se acostumbran".

"¿Se acostumbran?", dije horrorizada. "¿Esto no se quita?".

La enfermera dijo: "Mal de río", y ajustó la jeringa para ponerme de nuevo el suero. Nuria dijo: "Vas a estar bien, ya verás". Usó el mismo oportunismo con el que yo dije, una semana antes, que sus hijos volverían a ella, "ya verás".

Al día siguiente, paradas frente a frente, al lado de la seguridad aeroportuaria, intenté por segunda vez hablar con ella. "Dime lo que estás pensando. Tu silencio no me sirve de nada".

Nuria levantó la mirada, se tomó fuerte de los tirantes de la mochila y se meció sobre sus pies, como si necesitara raíces para sostenerse: "Para mí, Marcia, está claro que no te quedas por el río ni por las ruinas mayas. Te quedas porque necesitas sentirte importante. Porque si no tienes un drama vital que abarque todo en tu vida, si no eres el héroe o la víctima y no pisas gente en tu camino, no eres nadie. Ya está. Lo dije".

"No puedo creer que digas eso. ¿Quién te sientes? Yo me encargo siempre de todo, y tú ni te enteras. ¡Y te atreves a juzgarme!".

El altavoz anunció el próximo embarque de su vuelo.

"Estos días contigo han sido un luto, Marcia. Me di cuenta de que viniste conmigo solo para ver las obras de la presa, para tener con quién quejarte, no porque querías estar conmigo. En la selva estuviste sola. Yo tenía a Adonis, y entre nosotros nos respaldamos para sobrevivir. Tú ni te diste cuenta, ibas sola, con la consigna de sobrevivir sola. La forma en la que trataste a Adonis en el muelle, cómo nos pusiste en riesgo, cómo te comportaste en la selva, salvándote primero. ¡Nos dejaste en la piedra y te largaste! Ni siquiera miraste atrás".

"Te salvé la vida, idiota. Varias veces. ¿Quién crees que te sacó del hoyo pantanoso entre raíces? Y lo peor es que no te das cuenta de cómo me tratas tú a mí. ¿Cuándo te he reclamado algo? Nunca. Me cambiaste por Adonis. Me abandonaste a media selva y ahora me sales con esto. Eso me pasa por darte todo. Malagradecida. No vales la pena".

"Te agradezco el salvarme la vida. Te lo debo, pero no es eso. No cuento contigo. No estamos del mismo lado. No le diste dinero a Malcom y a su familia por las chinches en el tapete, ¿quién razona así? Ya no confío en ti. No hay otra manera de decirlo. No comparto tus valores".

"Y arrastrarte por toda la selva, ¿no cuenta?, cuando yo también necesitaba que me arrastraran. Siempre es así contigo. Solo ves lo malo. Le hubieras pagado tú a Malcom, si tanto te afecta, pero no tienes con qué".

"Voy a conseguir".

"¿Qué vas a hacer para ganar dinero? ¿Vas a poner un puesto de limonadas en la feria?".

"Exacto".

"Buena suerte, Nuria".

"Adiós. Disfruta tu venganza".

"Adiós".

La vi partir. Imaginé mi cayuco cruzando el Usumacinta entre la niebla y a Nuria parada en la piedra, mirando mi espalda. Me sentí una mierda, aunque la mierda había sido ella. ¿Qué más le daba si yo protagonizaba esa batalla? Alguien tenía que hacer los sacrificios que requerían las cosas importantes, como esta, y siempre era yo. Si tanto le hubiera importado el patrimonio cultural, se habría quedado conmigo a defenderlo y sería su propia lucha. Si fuera verdad lo que dice, estaría en Ciudad de México negociando mi salida del despacho, no metida hasta el cuello en ese pantano. Así funcionaba el mundo. Los que hacemos las cosas, salimos perdiendo.

Antes de tomar la carretera de regreso a Tenosique, me compré un *iPhone* en un local en el aeropuerto. Tenía ilusión de que me hubieran llegado más mensajes de Octavio y de mi mamá.

En efecto, había un mensaje de Octavio. *Te extraño*, seguido de *Molina es un imbécil*. No era a mí a la que extrañaba, sino a Corona, su jefa en el despacho y por contraste con un imbécil. Ahí se murió esa breve ilusión que secretamente me acompañó por la selva. Debí saberlo. No contesté nada.

De mi mamá no había mensajes; en cambio, entraron varios de gente metiche, preguntando qué había pasado en el despacho y si me habían corrido o había renunciado.

Me paré de la cama, tomé agua y me estiré. A los pocos segundos, me volvió al cuerpo el recuerdo de Nuria alejándose en el aeropuerto. Se me revolvió el estómago y me acosté de nuevo debajo de la sábana. Octavio no era importante, ni mi mamá, pero no quería perder a mi hermana. No tenía a nadie más. Me ardía el pecho. Me toqué la boca con los dedos. La herida se sentía seca y rugosa. Sospeché que se quedaría así por largo tiempo. Alcancé el teléfono celular del buró y me encontré con un texto de Príamo.

10 de noviembre de 2030

Licenciada, ya lo pensé. Quiero tomarle la palabra. Si le parece bien, vamos a Jonuta.

Saqué la cabeza de la sábana, estiré los brazos y sonreí. El plan estaba en marcha. Me tallé los ojos. Excelente.

La corrupción, la delincuencia, la falta de personal judicial para hacer visitas de inspección, lo que había trabajado al magistrado para obtener el amparo para IBAK, la crisis energética, el capital político, los intereses económicos, etcétera. Me lavé los dientes. Las complicaciones se me vinieron encima. Respiré varias veces para calmarme. El poder y el dinero estaban en contra mía. Los afectados eran puro don nadie. Me hacía falta urgente un café.

Volví al teléfono celular y escribí una serie de mensajes:

10 de noviembre de 2030 / 8:10 a. m.

Príamo, te veo en el Café Palms a las 10:30. Vamos en mi coche a Jonuta. Gracias por tu confianza.

8:10 a. m.

Nuria, ¿cómo te fue? Voy a conocer al abogado que lleva la defensa del territorio. Deséame suerte. Por favor, hablemos pronto.

8:11 a. m.

Doris, prepárame una maleta para cinco días. Ropa de descanso, playa, deporte. Un juego de sábanas y toallas. Dos pares de tenis y toallitas desinfectantes. Empaca los libros que están sobre mi escritorio, mi tratamiento para el pelo, mis cremas de noche y una ampolleta de vitaminas. Manuel va a pasar por la maleta. Ponte de acuerdo con él. Por favor, que no falte nada en la casa.

8:11 a. m.

Manuel, prepárate para venir a Jonuta mañana en el coche. Pasa a la casa y que Doris te dé mi maleta. Nos vamos a quedar aquí una semana.

Me di un regaderazo y empaqué mis cosas. Me tiré en la cama, cerré los ojos y sentí el río en mi pecho. Entre un rumor y una corriente. Una sensación de angustia y otredad. Pensé en lo que dijo la enfermera: que otros en mi caso se habían acostumbrado.

Mientras me cepillaba el pelo, pensé en la venganza. Me imaginé a Mariano Silva atando cabos, considerando todo, con las manos sobre la boca, arruinado, en la bancarrota y sin clientes. La historia se formaba en mi cabeza, pero no me provocaba la excitación de antes.

Pensar en cómo vengarme era mi *default*. Un vicio de muchos años, interrumpido por el accidente en el río. La realidad era que si Silva se enteraba, más que sufrir y lamentarse, me denunciaría por conflicto de interés y yo terminaría en la cárcel, pero la justicia no era veloz, así que tenía ventaja. Primero en tiempo, primero en derecho a joderle la vida al otro.

La misma recepcionista que me advirtió sobre los peligros de navegar en tiempo de aguas altas, notó mi deformidad en la cara y frunció el ceño. Miró mi lesión, nunca mis ojos y pagué sin decir palabra. Tal vez conocía el piquete de insecto de selva. Me subí al coche. Manuel tendría que devolver el que yo había alquilado y nos moveríamos en el mío en Jonuta. A saber qué clase de agujero era esa ciudad. Se me amotinaban los pensamientos.

Me subí al coche y, de pronto, me acordé de la sentencia del río Atrato, en Colombia, y la busqué en el celular. Leí el resumen. Colombia fue el primer país en Latinoamérica en darle a un río personalidad jurídica. Esa sentencia fue una estrategia paliativa para aliviar la culpa de no hacer nada como gobierno para cuidar ese río, o eso pensaba yo. Ahora sus pobres representantes peleaban contra molinos de viento. El río acabaría podrido junto con su derecho a defenderse.

En el semáforo me pitaron. ¿Cómo sería representar los derechos del río Usumacinta? Un río con derechos. Un río vivo. Esa lógica me inquietaba. Me estacioné y toqué el filo de mi labio superior. Se sentía como cartón corrugado. Bajé la visera del coche y me vi al espejo. ¿Qué pensaría Príamo de mí?

En México no existía esa figura legal, *derechos de la naturaleza*, pero existían derechos colectivos. Se podía argumentar que las presas generarían afectaciones de distintos tipos a las poblaciones aledañas al río. Podíamos promover muchos juicios en contra de esas presas.

Compré café y pan dulce. Príamo no había llegado. La señora que me atendió me hizo un comentario sobre mi lesión: "Échele sábila. Es lo mejor para los piquetes".

Le agradecí y me senté en una de las mesas que miraban a la calle. Saqué la computadora y anoté las características principales de la estrategia. Mientras anotaba, recordé una frase de Príamo en la demanda: *sin la corriente del río, se muere la selva con todas sus criaturas, incluida la especie humana, su pasado y su futuro.*

Entró en el café. Tenía los ojos hinchados e iba vestido con la misma ropa de la noche anterior, arrugada y sucia. Parecía borracho. Nos saludamos de mano. El expediente estaba abierto en la página con sus argumentos. Príamo recargó su mano encima, como atrapando las palabras con los dedos. Hice caso omiso y le ofrecí un café y un pan. Los miró sin ganas y dijo que el abogado de Jonuta nos podía recibir a la una de la tarde en sus oficinas.

Nos terminamos el pan en silencio y emprendimos camino. En las dos horas y media que nos tomó llegar a Jonuta, Príamo no habló. Solo miró por la ventana con el brazo de fuera.

La selva se metía en la cabina del coche. La fronda se extendía como si fuera un solo organismo cruzado por el camino. Era desconcertante para mí porque, me gustara o no, el río se proponía, sin estar visible todo el tiempo, como parte del paisaje.

De vez en cuando, Príamo estiraba la palma de la mano y sentía el viento o señalaba una cosa sin decir nada. Quise conversar sobre temas que pudieran ser de interés común, como las inundaciones recientes en Chiapas, pero no lo permitió. Contestó mis preguntas con monosílabos y movimientos de cabeza y no me miró una sola vez. El mensaje estaba claro.

Llegamos a Jonuta, y Mendoza nos recibió en su despacho. Teníamos hambre. Era un hombre bajito, con rasgos mayas, de unos cincuenta años. Subimos una escalera de servicio en el fondo de un patio. Me sentía agotada y aún no empezábamos a trabajar. Me tuve que parar en la escalera y respirar un par de veces antes de seguir. Según la enfermera en la clínica, la falta de oxígeno era por el mal de río. Me toqué la boca. Se había vuelto un movimiento reflejo. Pensar en el mal de río equivalía a tocarse el piquete de quién sabe qué, y luego venía la vorágine.

Ni en la clínica pudieron determinar qué animal fue. Primero dijeron que cara de niño, luego que una viuda negra, luego que una hormiga asesina, para terminar diciendo que no se sabía y que mi única alternativa era esperar a que se bajara la hinchazón y el veneno.

El despacho consistía en dos cuartos contiguos con acabados de baño color pistache, húmedo y sucio, en el segundo piso de un edificio de comercios. Nos sentamos alrededor de una mesa. Una ventana daba al zócalo de la plaza y la otra, al interior de una peluquería. Intenté disimular mi asombro. Desde adentro, a través de una ventana, se veía cómo una mujer le cortaba el pelo a un niño.

Nos sentamos a la mesa. Había moscas y faltaba luz. En la esquina había un archivero que permanecía de pie por una calza de lata aplastada de leche Nido. Sobre los escritorios, computadoras viejas y de mala calidad. Expedientes con las tapas enrolladas por la humedad y comida chatarra.

Mendoza había puesto jugos de frutas en Tetra Pak sobre la mesa, papitas y galletas en sus paquetes. Yo jamás comía esas cosas.

Saqué de mi portafolios el último tomo del expediente y me dispuse a hablar, pero Mendoza me detuvo con un gesto de la mano, se acercó a Príamo y le dijo algo en voz baja. Me quedé quieta. Enseguida se disculpó conmigo. "Licenciada, vamos a salir a hablar unos minutos en privado. Por favor, tome lo que quiera", dijo señalando su catering. Cerré el expediente, perforé una cajita de Jumex de uva con el pico del popote y succioné. Sabía mal, pero necesitaba el azúcar. Lo dejé sobre la mesa y me paré a mirar lo que colgaba de las paredes. Fotos enmarcadas de Mendoza en actos públicos con distintas comunidades. Fotos con pico y pala, plantando árboles. Fotos de lo que parecía una familia numerosa. Fotos con lo que parecían políticos locales. Fotos en sitios arqueológicos. Fotos en asambleas populares.

Entró un mensaje de mi despacho a mi celular. Mariano Silva me pedía ir a discutir mi paquete de salida. Me reí, aunque quería llorar.

Una foto retrataba el día que Mendoza se graduó. Aparecía vestido con pantalón negro y guayabera, parado frente a la fachada de un edificio, sosteniendo con una mano un birrete y, con la otra, un diploma enmarcado. Lo siguiente, a la derecha, en la pared, era el diploma enmarcado, su título profesional de abogado, expedido por la Universidad Autónoma del Estado de Chiapas en el año 2020. Un abogado tardío. Enmarcada, también, la última página de una sentencia favorable en un juicio colectivo.

"¿Le ofrezco un café?".

Me sobresalté. Una mujer a la que no había visto, sentada frente a un escritorio, me sonreía. "¿Cuánto tiempo llevas ahí?".

"Desde la mañana. ¿Quiere un café de olla?". Era una mujer pequeña, joven, sonriente.

"¿Quién eres?".

"Gladys Contla, para servirle".

"¿Trabajas aquí?".

"Soy la asociada del abogado. ¿Quiere un café?".

Una Marcia de su propio Silva.

"No, no gracias". Le di la espalda. No sabía qué expresiones de desaprobación y que ruidos de molestia habría hecho mientras veía el mural de fotos y diplomas. Cuando quise mirarla a los ojos, volvieron Mendoza y Príamo, y nos sentamos a la mesa. Gladys me sonrió desde su silla como diciendo: "No se preocupe. No voy a acusarla".

"Licenciada Corona, antes de empezar, queremos hacerle extensivo lo que es importante para nosotros".

Ya podía imaginar la retahíla. Me acomodé en mi asiento: "Adelante, licenciado".

"Usted y su equipo tiraron nuestra estrategia interponiendo una Declaración de Huella Antrópica, tardía y maliciosa. Eso es desleal. Las declaraciones son previas a los permisos.

No se presentan después de la demanda. Quién sabe cómo logró convencer al magistrado ponente. Ni quiero saber. Solo por aparecer, las declaraciones no hacen legal lo ilegal. No sé si me explico".

Miré a Príamo. ¿Será que este hombre me está enseñado derecho?

"Presenta esa declaración maliciosa, tomando todo lo que nuestra demanda reclama, desde la destrucción de sitios arqueológicos hasta la extinción de especies endémicas, y lo tira para abajo. Dice que la destrucción no va a suceder y lo dice con puros peritajes pagados. Es decir, miente. Pero ahora, resulta que quiere venirse a este lado del juicio y desarmarlo por razones personales".

Lo sospeché desde que vi la primera foto. Mendoza era uno de esos abogados devotos a la justicia. De esos que prefieren perder a hacer algo que pueda parecer reprochable, aunque eso signifique ganar. Por eso perdía, porque ganar cuesta. Hay que sacrificar. Por eso me necesitaba. La devoción a la justicia daba como resultado malos abogados: "Tiene razón, Mendoza. Tiene razón, y déjeme le cuento lo que estoy pensando".

"No, licenciada. Todavía no termino. No sé si sea capaz de ver nuestro dilema. Usted tiene otro estilo". Mendoza se paró de su asiento, recargó las manos sobre la mesa y me miró de frente: "Aquí veo una situación que no sé si usted perciba, licenciada. El río le está dando la oportunidad de defenderlo y no al revés. No es usted quien hace la caridad, sino él. Si permitimos que usted se una a la defensa del río, es por el río. El río está teniendo la generosidad de darle a usted la posibilidad de una reivindicación. Le toca estar agradecida y servir. Ya estuvo bueno de sus malas maneras".

Asentí despacio.

"Y una cosa más. No meta sus asuntos personales en el juicio. Me contó Príamo que la corrieron y pues imagínese a qué me sabe. Pero no tenemos de otra. Si el río la llamó, yo no me meto con eso".

Tragué saliva. "Aprecio que me permitan unirme al equipo. Vamos al grano".

Mi idea era presentar diez demandas de amparo argumentando distintas violaciones a derechos difusos por parte de IBAK. Era importante presentar todo el mismo día, a la misma hora, algunas colectivas y algunas con quejosos concretos, entre los cuales estaban Príamo y gente como él, en Tabasco, en Chiapas y otras más en Ciudad de México, todos por conceptos distintos: el derecho a un medio ambiente sano, a la protección del patrimonio cultural, a la protección de las especies endémicas, etcétera. El derecho al equilibrio ecológico, por ejemplo, cuya violación no es fácil de probar y, por lo mismo, tampoco se puede desacreditar de un plumazo. Amparos en favor de familias que serían desplazadas y de personas que perderían sus trabajos, como Adonis. Demandas por todo aquello que, en efecto, la presa amenazaba, anegaba y aniquilaba. Seis de diez, cuatro de diez, por lo menos dos de diez jueces dictarían suspensiones de la obra *en lo que investigaban.*

Además de los amparos, promoveríamos, por los mismos conceptos, en los casos en que la ley lo permitiera, juicios de nulidad y otros juicios paralelos con el mismo fondo, pero dirigidos a diferente ventanilla con ligeros ajustes según la necesidad de cada juicio.

"Un bombardeo de demandas que provoque una reacción en cadena que nadie pueda parar. La empresa sufrirá retrasos costosos, y nosotros compramos tiempo para ir puerta en puerta en busca de nuevos quejosos y nuevos conceptos de violación. Cuando los abogados de IBAK levanten sus primeras dos suspensiones, nosotros ya habremos presentado otras seis, ocho, diez demandas de amparo y, con ellas, vendrán nuevas suspensiones".

Sonreí y me puse las manos en la cintura. Era buena estrategia. Mendoza se cruzó de brazos y miró a Príamo. "¿Y cuándo pensó todo esto?".

"Para mí todo esto es obvio, Mendoza".

"¿Y cómo piensa hacerle? Somos solo tres personas. Cuatro, si metemos a Gladys. Lo que propone requiere a un regimiento".

"Entre nosotros podemos. Es cosa de ser ordenados y coordinarnos".

"¿Y qué hacemos con el juicio que ya existe?".

"Impugnamos la sentencia, pero eso va después".

"Esto es a lo que me refiero, licenciada, cuando le digo que aquí hacemos las cosas de otra manera".

"Eso está claro", Mendoza empezaba a irritarme.

La ventana que daba a la peluquería permitía la convivencia entre los dos ambientes y, bien visto, no era mala combinación. La peluquera barriendo, el sonido de las pistolas de aire, las tijeras cortando y el runrún del chisme creaban un ambiente propicio para conversar. "Tú te dedicarías a combatir la sentencia para probar que la declaración de huella antrópica fue maliciosa, y eso está bien, pero en este momento a nadie le importa la declaración. Los tribunales te van a dar palmadas en la espalda. Lo que necesitamos es que pare la construcción. Que les cueste dinero tener las máquinas paradas y a los empleados colgando de las ramas. No hay nada ilegal en lo que te estoy planteando. De hecho, hay varios amparos innovadores en esta propuesta, dispositivos de exploración de derechos, como el que tienes colgado en la pared".

Mendoza se paró y se acercó a su sentencia enmarcada.

Nos daba la espalda para pensar sin ser escrutado. Sin revelar gestos que yo pudiera usar para llevar agua a mi molino. Yo había estado en mesas de trabajo, discutido y ganado mil veces, pero ninguna me había sabido tan extraña. Me hacía falta el elemento económico para argumentar. El dinero que mi cliente no gastaría con mi estrategia. El dinero que ganaría. La fábrica de dinero que mi estrategia proponía. Mi argumento cardinal, primordial, el que nunca fallaba: te haremos rico. Aquí el cliente era el río. El río que no quiere someter su cuerpo a esclavitud para que otros se hagan ricos. Un argumento distinto que conocía poco. El río peleando por su libertad.

"Conmigo vas a aprender, Mendoza", dije a falta de una mejor moneda de cambio.

"Le repito que no se trata de nosotros".

"Estoy con la licenciada", dijo Príamo mientras se puso de pie, "no hay de otra, Mendoza". Mendoza volvió a la mesa y se sentó: "Está bueno, licenciada. Ya lo intentamos a mi manera. Hagámoslo como usted propone, pero prepárese para aprender usted también".

"Manos a la obra".

El río tiene cauce, disposición, intención.

Le quedan algunas serpientes, algunas iguanas, un alacrán, una borla, la escoba de una bruja, una pesadez, una penumbra, como una casa abandonada, nada. ¿Qué se sentirá habitar el espacio donde hubo agua que corre? Agua dulce o salobre, según la ubicación. ¿Queda un silbido, como un fantasma que vuela?

Gramaticalmente, tenemos el agua, las aguas, la lluvia, el viento, las lluvias, los vientos, etcétera. Luego están los animales, incluidas las aves, pero sobre todo la corriente del río, que es un misterio negro para los menos informados en materia de ríos. ¿Y las rías? Esas también existen. Otros bosques han tomado el lugar de los bosques muertos.

Otras flores ocupan el lugar de las extintas.

Jóvenes espeleólogos, exploradores franceses, exploradores americanos. Descubridores de centros ceremoniales: tal vez ya no. Exploradores ingleses: los habrá. También alemanes.

Habrá nuevos apellidos extranjeros, como lo fueron en su día Cruz, Saavedra, Núñez, Castillejos, Dubis, Blom.

Habrá tormentas, huracanes, deslaves, terremotos, rayos y centellas que partan en dos a las criaturas.

El famoso antropoceno.
Mucho camarón de río.
"Lo que hay, se acabará". Lo dice sin ganas, cubierta de púas se rasca
un poco incómoda. Es una montaña la que habla.

La humedad se presta para los hongos, las plantas oscuras, el musgo, los insectos de caparazón brillante.

Los seres van y vienen cada uno o en manada o en parvada o en equipo y contexto. Un pajarito me contó que hace mucho calor en otras partes de este mundo. Demasiado, pues, para la vida.

Mi primo Diógenes, una mañana, se puso las botas. Salió en su camioneta a su trabajo en el monte y, de camino, le dolió un pie, y luego más, hasta que detuvo el carro para sacarse la bota. La volteó en el asiento del copiloto y cayeron los restos de una araña violinista güera y de patas largas. Todavía se movía. Se quedó un momento sentado en su lugar, mirando para fuera. Sabía lo que hacían esas malditas. La aventó junto con una cajetilla de cigarros. Le dolía el pie, pero no tanto. Tenía cosas que hacer y pensó chance y no me hace mal. Se miró y solo se veía el mero picotazo. Se puso la bota y llegó al plantío. Caminó por el terreno hasta su posición y sintió el pulso acelerado. Se agachó para revisar la flor y se mareó. Una media hora después, cayó de hocico contra la tierra. Otro trabajador lo vio y se acercó. Se estaba ahogando. Entre varios lo llevaron a la clínica. Diógenes perdió el pie, y a saber si no lo hubiera perdido si se hubiera ido directo a la clínica. Lo cierto era que no aceptó la realidad cuando la vio de frente. Ignoró los hechos. Ahí estaba la araña. Se creyó más chingón que ella y ahora no tenía pie. Como yo con las presas. Ahora están ahí.

Me comí dos Takis fuego y me aguanté la agrura. Había que hacer tiempo en lo que Mendoza reaccionaba. Estaba agarrotado y no era para menos. Me comí tres Takis más. La licenciada no se andaba con cuentos y se veía, nomás estando ahí, sentados en silencio, que lo iba a traer meneado, de su patiño. Lo iba a hacer quedar mal con sus otros clientes, lo iba a exponer, lo iba a convencer de hacer cosas horribles. El pobre Mendoza sudaba la gota gorda nomás de pensarlo. Yo lo conocía como el bienhechor de la región, y la abogada era una diabla. A mí también me iba a controlar, pero yo le iba a entregar mi vida de cualquier manera, como el idiota que siempre he sido. Mendoza estaba en duelo, aceptando ahí mismo que no quedaba más remedio que encamarse con el maligno. Por eso el agarrotamiento hasta que no aguanté más, había demasiado silencio o, mejor dicho, demasiado barajeo de papeles del expediente, impostando al silencio, como el tiro de lanzas en una guerra de castas, y entonces dije: "Hay que salir a comer". Tenía las esperanzas de escapar de ahí y de paso meterle algo de alimento al cuerpo que estaba pasando aceite con los Takis atorados en el pescuezo, pero la señora se negó. Dijo que cuando termináramos el calendario de trabajo y la ruta crítica podíamos hacer lo que quisiéramos. Mi presagio empezó ahí mismo a tomar su forma.

Mi hermana Mercedes me había dicho: "Y a ti qué te importa si la licenciada tiene sus propias razones. ¿Qué tú no tienes las tuyas?". La Lic era el menor de dos males. Eso pensaba Mercedes. Pero a mí me daba rabia que ella lo hacía porque le daba la gana y porque podía. Esa no era nuestra historia. Nunca de los nuncas. Nuestra voluntad no era suficiente, pero la suya, sí. Hija de la chingada. Mendoza tenía razón y no Mercedes, pero la alternativa era perder el pie.

El plan de acción que nos expuso esa noche, después de hacer sendos calendarios pormenorizados, era el siguiente. Ella y Mendoza arrastrarían el lápiz para crear las demandas.

Simultáneamente, yo andaría por todas partes con la Gladys buscando gente que quisiera demandar a la empresa y tuviera derecho a hacerlo. Todos en la cuenca, pensé. Cada tres días revisaríamos avances hasta que se cumplieran las dos semanas. No habría fines de semana. El horario era corrido, de ocho a ocho. Yo no sabía, o no creía posible, que unos pocos fueran capaces de tanto movimiento, de tanto daño. De tanta cosa inmensa. Que una sola sentencia fuera suficiente para borrar tanta vida. Que una sola estrategia, como le llamaba la licenciada, y siendo franco: que una sola licenciada fuera suficiente para echar patrás el borramiento que ella misma provocó y ponerle de nuevo sus colores y sus orillas a la vida en la cuenca. Me daban ganas de volver a la iglesia evangélica en Crisóforo Chinas y sentarme a asimilar esta nueva vuelta de timón en lo que la muchacha trapeaba el pasillo de la humilde casa de Dios a orillas del río. Hubiera querido escucharla chiflar otra vez su triste canción y que me ignorara del todo en lo que yo intentaba concebir tanta cosa.

A la mañana siguiente, la licenciada compró en la tienda Coppel dos computadoras nuevas, dos impresoras, un aire acondicionado y diez paquetes de papel bond de buena calidad. Se compró una silla rodante con respaldo reforzado, una cafetera de filtro y un minibar para la oficina, que llenó de productos para preparar sándwiches. Cien mil pesos en Coppel. Ahí nomás.

Las cosas fueron como dijo la Lic. Mientras ellos trabajaban en las demandas, a Gladys y a mí nos llevaba el chofer, que se llamaba Manuel, en un coche último modelo a recorrer la cuenca en busca de tragedias por suceder. Cuando nos veían llegar en los caseríos, sus habitantes pensaban que éramos narco y se escondían porque ese coche no era normal. Había que irlos a sacar de sus madrigueras y explicar que la licenciada que nos estaba defendiendo nos había puesto a su chofer y su carro. La gente se reía nerviosa, mitad porque pensaban qué suerte tienen los que no se bañan y mitad porque pensaban qué pendejo es el Príamo si cree que esto no trae factura.

Como era de esperarse, conocimos a muchas personas que ya habían sido contactadas por la empresa para dejar sus casas a cambio de firmar las consultas. Les preguntamos qué condiciones les habían ofrecido y nos pareció entender que a todos les habían ofrecido lo mismo: lo de la Nueva Nayarit junto a Palenque. Lo que la licenciada, cuando operaba en el otro bando, diseñó como estrategia. Nosotros explicamos que esas eran mentiras y que aún podían hacer valer sus derechos porque nos estábamos defendiendo, pero no se animaron. Tenían miedo a perder su lugar en la Nueva Nayarit, que para mi ni existía.

Esos primeros días fueron feos para Gladys y para mí. Nomás no hallábamos gente que quisiera demandar. En cambio, Mendoza y la Lic avanzaban sin tregua, el pobre de Mendoza de escribano, pasante y momegacho, y ella como reina universal del derecho mexicano. Al tercer día tocaba revisar avances, y yo con el Jesús en la boca porque no había conseguido nada. A la gente se le podía convencer con falsas promesas como la Nueva Nayarit, pero no para defender al río a cambio de nada concreto.

Desesperado, llamé a mi compadre para que me pusiera al teléfono con Mercedes y le conté lo que estaba pasando. Mercedes guardó silencio. Nomás se escuchaba su respiración de toro encabritado.

"¿Qué hago, Meche?".

"Ven por mi mañana temprano".

"Gracias, Meche".

No les dije a Mendoza ni a la Lic que traería a Mercedes. Iban a pensar que la usaba de escudo y me dio miedo que la licenciada me dijera que no. Como a ella le gustaba mandar y también le gustaba hacer lo opuesto a lo que uno sugería, si le decía, me iba a tirar la solicitud, y mejor pedir perdón que permiso. Me fui con el Manuel temprano. No me llevé a la Gladys ni avisé en la oficina, pero no importó porque ellos andaban ocupados y ni se dieron cuenta.

Mercedes me estaba esperando frente a su casa, donde normalmente paraba la camioneta que se llevaba al compadre en las mañanas. Tenía en la mano un bulto con su ropa y al compadre parado al lado, que ese día no se subió a la mentada camioneta para acompañarla. Me bajé del carro de lujo y el compadre me puso los ojos de plato: "Pues quién es esta licenciada, Príamo. Este carro no es normal". Mercedes nomás le dio unas palmadas en la espalda y me dijo: "Vámonos". El compadre se resignó a vernos partir, y Mercedes y yo nos subimos al carro. El pobre se quedó parado en mitad del camino, rodeado de gallinas, nomás moviendo la mano, aceptando que la Meche tenía una labor importante qué cumplir lejos de él porque yo solo no iba a poder, y primero el río, primero la selva, primero el juicio, etcétera.

Cerca de casa de Mercedes, nos tocó ver a los obreros de la construcción salir de su campamento y caminar en fila india por el camino, con sus cascos y sus chalecos, hacia una zona donde se habían instalado unos pilotes gigantes que serían los soportes para una de las cortinas. En el sentido opuesto, como sombra, se extendía otra fila, no de obreros sino de migrantes centroamericanos. Decenas de cuerpos en marcha y el puro silencio de la selva. Los migrantes se desviaron y los vimos desaparecer selva adentro. Mercedes me tomó la mano y me apretó, y yo apreté de vuelta, y eso fue todo hasta que desaparecieron también los obreros, o desaparecimos nosotros, según se vea.

Pasando el siguiente poblado, le platiqué lo mejor que pude la estrategia de la licenciada y lo que nos tocaba hacer. Mercedes nomás asentía: "Solo hay que decirles que hay oportunidad de reclamar nuestros derechos. Conozco una señora aquí en Nicolás. Cómprame aquí un kilo de tortilla y se la llevamos". Así fuimos parando en varios caseríos donde Mercedes, quién sabe cómo, conocía gente, y nos ofrecieron de comer y nos hablaron con sinceridad. Mercedes se ocupó mucho más de Manuel de lo que yo en los días anteriores. No sabía qué decirle ni si era apropiado hablarle. Yo siempre estuve paralizado porque no sabía qué era lo que se debía y no hacer. Antes de Mercedes, nomás le mostraba un lugar en el mapa y Manuel manejaba. Ella sí que comprendía los problemas y sabía convencer, atender y cuidar a la gente. Les habló a sus conocidos. Les dijo que el río se iba a secar. Yo estaba todo atribulado y hecho bolas y resentido y ella iba derecho al grano: "Si ponen las presas, deja tú que nos quedemos de indigentes porque esa gente no cumple. El río se va a pudrir en treinta años. Se muere todo alrededor. Se acaba la selva. Esto va a terminar pareciendo el desierto".

Llegamos a Jonuta justo a tiempo para la revisión. Mercedes estaba tranquila y yo temblaba. "Licenciada, esta es mi hermana Mercedes. Ella ya nos consiguió a dos pescadores que quieren demandar y otros conocidos que se la están pensando". La Lic saludó a Mercedes de mano y se quedó un momento en silencio. Le molestó no ser consultada en la decisión de traerla y nomás puso su cara.

Nos sentamos a analizar los avances. Habían hecho un cuadro sinóptico de las demandas clasificadas por colores. Con los dos pescadores asegurados, se juntaban suficientes juicios de amparo, pero se requerían firmantes para las demandas colectivas. Necesitábamos a Mercedes, pero la licenciada la ignoró como si no fuera nuestra aliada. A Mercedes no le gustaba la faramalla y no dijo nada. Al final se le acercó a la licenciada y le picó el hombro. La Lic se volteó, y Mercedes dijo: "Yo le consigo quién firme sus demandas colectivas, pero cúmplales". Ella se quedó mirando, como midiendo si Mercedes era la buena y conmigo se había equivocado.

"Yo no soy la justicia federal. No les puedo cumplir".

Mercedes se cruzó de brazos: "Lo que quiero decir es que no nos traicione, no nos deje colgados, porque nosotros no somos los malos".

La Lic estiró la mano y cerraron el acuerdo.

Durante los siguientes días, Mercedes y yo recorrimos los caminos. Mercedes consiguió las firmas de una cocinera y su hija que acababan de poner un puesto de garnachas en un muelle, de dos ancianos que habían sido lagarteros y que no querían irse a la Nueva Nayarit, cinco albañiles que trabajaron en el Tren Chol y que no quisieron emplear en la construcción de las presas por no tener condiciones óptimas de salud, el compadre y seis de sus colegas en el aserradero, dos miembros de una familia que se dedicaba al negocio de la basura al lado del río, unas muchachas biólogas que estaban radicadas en la región para hacer la actualización de especies en peligro de extinción en el cañón del Usumacinta, mi primo Diógenes y su mujer, la mamá del Adonis, el Malcom y su mujer, que apenas era mayor de edad y pudo firmar el último día, yo mero y Mercedes. Esos fuimos quienes firmamos. Adonis no quiso firmar porque primero muerto que encarar de nuevo a esa vieja bruja.

No tardaron en pasar las dos semanas. La Lic había trabajado como robot y el Mendoza se había alineado. Uno podía notar que estaba agotado y a punto de desfallecer, pero que la adrenalina y la esperanza de ganar lo mantenían en pie.

La licenciada era buena para la chamba, eso me dijo Mendoza, que tenía una buena cabeza, pero que no sabía nada sobre defender el territorio y que daba la impresión de que el corazón no le servía más que para bombear la sangre.

Una noche muy tarde en el despacho se pelearon. Mendoza se desesperó y la acusó de cobarde. "Usted nomás no quiere aceptar lo que estaban por hacernos con sus presas. Tenga valor y acepte".

La Lic le dijo que el cobarde era él, que no entendía que para ganar había que molestar a algunas personas. "Tú quieres que todo salga sin pisar callos y que todos seamos felices. Eso no se puede. Si las presas ganan, las poblaciones se desplazan y punto. Acuérdate de que la energía eléctrica es prioridad. No es el fin del mundo".

"Usted no entiende que los pueblos que tienen identidad y territorio, no se pueden simplemente desplazar, como usted lo menciona, sin terminar con su estilo de vida. No entiende que la defensa del territorio no es toma y daca, no es un ejercicio financiero o una prebenda, sino una forma de lucha y de resistencia que acompaña a la vida de estas poblaciones y su entorno. Una lucha que la protege. No sé si me explico. A la gente ribereña no se le puede desplazar y ya. No es como en las ciudades, que se compra usted otro departamento y se muda. Aquí, el río es parte de uno y de la comunidad. El río es territorio e identidad de esa comunidad. Es un rompecabezas el que forma la vida y sus piezas no son reemplazables o cuantificables en dinero".

La Lic negó con la cabeza: "No podemos ser tan románticos, Mendoza".

Mendoza se paró de la silla y respiró despacio: "Si va a defender el territorio con nosotros, licenciada, no nos ofenda.

Usted tiene sus recursos, pero la materia la conocemos mejor que usted. Tenga la decencia de reconocerlo y guardar silencio cuando no sabe. Compórtese a la altura".

A la Lic no le gustó ni entendió lo que Mendoza le dijo. Reconocer su falta o su ignorancia no estaba en su naturaleza: "Estás exagerando".

"No, no estoy exagerando. Es como le digo. Y de paso le digo otra cosa que traigo en la mente desde hace días. No nos ponga al centro del problema. Para usted es importante el escaparate, pero para nosotros es peligroso. Si ganamos, no nos haga famosos".

"Sin publicidad, perdemos el efecto bola de nieve".

"Hágame caso. Sé de qué le hablo. Ganemos en silencio".

La abogada chasqueo los labios y negó con la cabeza. "Eso lo hablamos en otro momento, Mendoza".

Mendoza colgó la cabeza, derrotado.

Unos días después, terminamos las demandas y nos dispusimos a presentarlas. Mendoza y la Lic se fueron para Ciudad de México, Gladys a Tuxtla y Mercedes y yo a Villahermosa. La licenciada pagaba todo: comida, transporte, hoteles y hasta unos medicamentos que le hicieron falta a Mendoza para el colesterol. A saber cuánto dinero gastó en esas semanas.

Presentamos veinte demandas, entre amparos y juicios de nulidad, todos a las 9:30 a. m. del doce de noviembre. No presentamos acciones colectivas porque no pueden reparar el daño y es puro perder tiempo.

Once juicios se presentaron en Ciudad de México, cinco en Villahermosa y cuatro en Chiapas. Yo no había entendido por qué era necesaria tanta coordinación hasta que la Meche y yo salimos orondos del juzgado, felices y satisfechos con todo ese trabajo, y a los cinco pasos nos agarró un periodista y luego otro más. Había cámaras y gente de los periódicos locales y nacionales que sabían que se estarían presentando demandas contra el proyecto. La licenciada nos había echado a los medios sin avisarnos, y ahí, sin preparación, sin teatro ni cuento, no pudimos ocultarnos y soltamos la sopa.

un caimán
una culebra, un alacrán
una liana, un vendaval,
una tormenta: Tecumbalam

una tormenta
un chol, una osamenta
un perro feo
un dios, una piedra amarillenta

un príncipe guerrero
un indio chontal
tzeltal, tzozil
un dios tojolabal

Tojolabal,
borla, tirano tijerita
escoba, chelele, urraca
una arañita.

La "ráfaga de demandas anticapitalistas", como lo describía la prensa, se hizo *trending topic* ese doce de noviembre. Muchas agencias, incluso internacionales, replicaron la noticia. Los reflectores dirigidos a Príamo y Mendoza. Mercedes y Gladys aparecían en segundo plano, como *acompañantes de los líderes*.

De mí, ni la sombra. Había logrado ocultarme. La indignidad rindió sus oscuros frutos, porque nunca sabes para quién trabajas, hubiera dicho mi mamá.

Esa misma semana llegaron las primeras suspensiones de la obra. No podía ser de otro modo. Le marqué por teléfono a Príamo para que me platicara cómo se vivía la noticia junto al río, pero no me contestó. Mendoza, en cambio, de inmediato tomó la llamada y casi podía ver su sonrisa de oreja a oreja. "Es un milagro, licenciada, tres suspensiones el mismo día".

A mí me tocaba ir al despacho y atender el famoso paquete de salida. Ese viernes debía estar ahí a las nueve de la mañana, en lo que enfrentaba el reto personal de seguir siendo la Marcia ambiciosa y vengativa y, al mismo tiempo, existir secuestrada por ese río. Quizá parábamos la obra, pero quién paraba al río de mandarme sus señales truncas y horrorosas. La noche previa a mi cita en el despacho, mientras me lavaba las manos, vi cómo mi papá le prendía fuego a una cucaracha, que entraba a la selva como una llama semoviente y quemaba los troncos caídos. Todo ardía y mi padre me echaba la culpa a mí: "Tú eres esa cucaracha".

Esa misma noche, dejando un mensaje de voz para Nuria, un susurro me persiguió diciendo: "Silva sabe lo que has hecho. Te vas a ir a la cárcel". Otro interrumpió: "Deja todo, vete al río", y encima la voz de Nuria: "No dejes más mensajes. No quiero saber de ti". Las voces iban y venían, y en la madrugada, en el cenit de mi angustia, me avasalló la sensación de que me habían descubierto y me iban a denunciar. Por eso me citaban ese viernes en el despacho.

La única persona a quien le convenía delatarme era a Manuel. Le pedí firmar un acuerdo de confidencialidad y le ofrecí un bono. Me pareció verlo sonreír cuando, de camino al despacho ese viernes, le pregunté qué le había parecido lo que habíamos hecho en Jonuta. Me contestó que ese era el tipo de trabajo que le gustaba. "El trabajo con la gente". Me extrañó muchísimo. No hubiera podido adivinarlo. "¿Y vas a seguir trabajando conmigo después de descubrir tu verdadera vocación?".

"Si se dedica a defender a la tierra y gente de a pie, claro que sí. Pero si seguimos como antes, acá en el despacho, se me hace que me voy con el licenciado Mendoza a Jonuta".

Se me llenaron los ojos de lágrimas. Manuel era mi relación más larga y estable: "¿Hablaste con él? ¿Cuánto te va a pagar?".

"Ahí en la selva no se necesita tanto, licenciada".

"¿Pero te hizo una oferta?".

"Solo me preguntó si me había gustado el trabajo ahí con ellos y le dije que sí. Eso fue todo". Manuel miró el retrovisor y se dio cuenta de mi asombro. Me dijo, para consolarme, que no me preocupara. Que su lealtad estaba conmigo. Asentí, estupefacta. Me había robado la narrativa.

Miré el retrovisor y dije: "Manuel, a partir de este momento, Tabasco no existe en tu vocabulario. Nunca has estado ahí, no conoces ese río, etcétera, etcétera. Si acabas ahí, no fue por mí. Firmaste un acuerdo Manuel y me conoces. Si me traicionas, voy por ti y te quito todo lo que tienes".

"Cuente conmigo, licenciada. Como siempre".

Llegamos al despacho y Manuel salió del coche para abrirme la puerta. Por primera vez en ocho años, nos miramos a los ojos y nos dimos un apretón de manos.

Subí las escaleras con el estómago pegado. Podía suceder que me ofrecieran un dineral para contratarme de nuevo y sacarlos del hoyo o podía ser que tuvieran otro *fixer*, alguien *excelente para la batalla,* y entonces me ofrecieran un dineral a cambio de mi compromiso de no demandarlos por despido injustificado. También podría ser que me anunciaran que estaban por denunciarme por conflicto de interés y violación al secreto profesional, o que plantearan un cuarto camino que yo no podía imaginar.

Llegué sin preparación. El despacho ya no tenía la capacidad de ofrecer algo que me importara de verdad. Me hicieron registrarme en la recepción corporativa del edificio, como si fuera una repartidora de pizzas.

En el elevador, crucé miradas con la gente de siempre, extraños de otras oficinas y abogados de primera y de segunda, llevando a cabo las labores del día a día. Todo era igual, salvo yo, que ya no formaba parte del mundo corporativo, ya no quería ser socia de ese despacho ni afiliada a esa cepa particular de abogados. Silva había dejado de ser el líder místico, todopoderoso y se había convertido en su gemelo mañoso y retrógrado al que tendría que manipular o convencer, según la circunstancia. Caminé dentro del despacho con mi secreto apretado entre las costillas y acepté el café que me ofreció la asistente. Me lo tomé despacio, sentada en la antesala mientras esperaba. Subí ambos pies en la mesita del café y di sorbos. Mariano Silva venía tarde a nuestra cita por la sesión de consejo. *Déjà vu*. La asistente me miró con los ojos desorbitados, con clara desconfianza, pero no me hizo sentir intranquila o inquieta, por lo menos no como antes. Se me habían achatado esas emociones.

Lo vi bajar por el pasillo. Me dio lástima que tuviera problemas conmigo. Me acerqué y lo saludé como quien visita en un asilo a su abuelito demente que ya no la reconoce. "Licenciada, vamos al grano". Se acarició a barba y se sonrió. Habrá pensado que le saldría barato.

"Pareces cambiada". No me había bañado, ni maquillado, ni peinado. Mi ropa olía a sudor. Quizá se refería a eso. Nos sentamos cara a cara en su oficina y me preguntó, como si fuera terapeuta, cómo me sentía.

"Licenciado, qué amable pregunta. He estado bien. Le agradezco".

"Veo que te hiciste algo en la cara".

"Sí, aproveché estas semanas para hacerme un retoque".

"Te ves bien", mintió.

"Licenciado, dígame, ¿qué hago aquí?".

"Quiero platicar contigo sobre los compromisos que tienes con este despacho ahora que ya no formas parte de él". Se veía angustiado, desorientado, pero yo lo conocía bien. Sospechaba de mí, porque sospechaba de todos, pero su machismo no le permitía creer que me atreviera a traicionarlo. Él a mí, sí. Yo a él, no. "Incurrirías en faltas graves al colaborar con cualquier relación que hayas hecho en este despacho".

"No se preocupe licenciado. Soy una tumba".

Si Silva sabía que yo había asesorado a Príamo, ahí mismo me echaría a los lobos, pero en lugar de eso, sonrió, se paró, se recargó en el borde del escritorio y dijo: "Estamos listos para ofrecerte una buena liquidación y un bono de desempeño que vas a encontrar bastante atractivo".

"¿Qué van a hacer con La Esperanza?", no debí preguntar, pero no pude aguantarme. Silva se puso serio y se giró para darme la espalda. "No puedo discutir eso contigo".

"Claro, lo siento. La fuerza de la costumbre. Les deseo mucha suerte. Es un asunto interesante".

"Lo voy a litigar yo mismo", dijo mientras se volteaba para encararme. Su mirada parecía leer mis pensamientos. Eso sentí, porque cuando eres culpable, todo te señala, aunque solo tú lo sepas. Me paré de la silla y, por puro hábito, me acomodé la camisa y el saco: "Muy bien. Vamos al tema de mi indemnización, el bono, etcétera".

"Fernanda tiene los detalles. Ve a Recursos Humanos". Mi celular vibró. Miré la pantalla, pero no conocía el número. Bajé el teléfono y lo vi a los ojos. Ni siquiera tuvo la decencia de darme la cifra él mismo. De explicarme mi *paquete de salida*. Me mandó con una tal Fernanda. Tantos años en el negocio y no había aprendido algo así de básico. Si me ofrecían tres pesos, los iba a demandar por despido injustificado, discriminación, etcétera, y me iban a pagar cien veces lo que me ofrecieran.

De camino a Recursos Humanos me topé con Octavio. No fue casualidad. Me estaba esperando. Lo vi más flaco.

"¿Cómo estás? ¿Cómo te va con Molina?". Me arrepentí en cuanto salieron las palabras de mi boca. "¿Estás mejor?". Bajó la mirada y me tomó las manos: "Marcia, quería decirte que no fui yo. Yo no dije nada de la mariguana. Hace ver mal a este despacho haberte echado así. Creo que voy a renunciar".

Le di palmadas en el hombro: "A tu papá no le va a gustar. Termina la carrera y vete a tu notaría. Para qué te peleas con esta gente".

Octavio me hizo un gesto para que lo siguiera, indicando que quería decirme algo en privado. Mi celular vibró de nuevo; era el mismo número desconocido. Colgué de inmediato. Nos escabullimos por la escalera de servicio y bajamos un piso. No pude evitar imaginar que nos besábamos desesperados en los escalones.

Octavio se detuvo: "Marcia, si abres un despacho, llévame".

Me pareció rarísimo. "¿Quién te dijo que voy a abrir un despacho?".

Estaba segura de que a Octavio no le gustaba trabajar conmigo. Nunca lo escuchaba, no le hacía caso, no le daba la razón. No tenía sentido esa emboscada. "¿De dónde viene esta solicitud tan extraña, Octavio?".

"Leí tus demandas. Conozco tu estilo. Estás detrás del río en el asunto de La Esperanza".

Me quedé estupefacta. "¿Desde cuándo somos defensores de derechos humanos?".

"Dame trabajo o te acuso con el jefe por conflicto de interés", dijo sonriendo.

Me reí nerviosa: "¿Es una broma?".

Octavio sonrió: "Claro que es broma, pero sí me gustaría trabajar contigo si eres la abogada que leí en esas demandas".

Estaba por contestar que estaba loco cuando mi celular vibró una tercera vez. Levanté un dedo. "Dame un momento, Octa". Me senté en el escalón, y Octavio se sentó al lado mío con las piernas abiertas y la cabeza colgada. Yo miré el mensaje de texto.

16 noviembre de 2030

Licenciada, me mataron a Príamo. Lo colgaron del puente de Boca del Cerro.

Su cuerpo estuvo balanceándose ahí toda la noche. El narcomensaje decía: *Se les dijo*. Lo colgaron sin ojos ni lengua. En la madrugada lo encontraron unos niños y me vinieron a tocar. "Doña Mercedes, su hermano está en el puente". Yo no entendí: "¿Cómo que en el puente?". "En el puente, váyase pallá, para que vea usted misma". No me quisieron decir más. Me fui con mi marido en la camioneta y ahí lo encontramos, colgando de una cuerda larga del puente de Boca del Cerro. Lo subieron del puente entre mi marido, Adonis y Malcom, que se habían quedado en el patio de la casa, bien borrachos y trasnochados. Habían celebrado las suspensiones con hartísimo alcohol.

Cuando lo acostaron sobre el puente, no nos dejaron acercarnos ni a mí ni a la Mari. Estaba muy traqueteado y azul por colgar tantas horas. Juan de Dios no ha dicho palabra desde que supo que lo habían matado.

Ya lo llevamos a enterrar. Terminó junto a don Leandro. Yo sabía que esto podía pasar, pero no tan pronto, no así. La culpa la tuvo la licenciada por echarnos a los periodistas como perros. Príamo intentó taparse la cara, pero los fotógrafos disparaban sus cámaras buscándole a ver por dónde le hallaban un ángulo. Aunque pidió que no, igual dieron su nombre y pusieron su cara por toda la prensa. A ver cuánto duro yo. Cuando eres pobre, te matan por defenderte o te matan nomás porque sí. Más si eres mujer. Aunque se cancelen las presas, mis hijos y yo nos tenemos que ir. Mi marido como sea no se ha involucrado.

La licenciada no se presentó en el funeral. Me dijo que si venía, se arriesgaba todo el juicio. Yo creo que sintió miedo de que la mataran a ella también. No la culpo. Pagó por la caja y por el lote donde lo enterramos y me dio más dinero, quizá como indemnización por habérmelo quitado. *Para Mercedes*, decía el sobre que me entregó su hermana con treinta mil pesos. Esa sí vino al funeral, la hermana, Nuria, porque aprecia al Adonis. Eso dijo. Se pasaron aquel día perdidos en la selva, y si no conociera yo este mundo, diría que se enamoraron. Dijo que vino porque quiso darme el pésame personalmente, pero yo vi cómo se le quedaba mirando a la hora del entierro y cómo él le respondía con la sonrisa chueca. Príamo hubiera sido el primero en sospechar: "Esa pobre güera se va a quedar con las ganas porque el Adonis está muy negro y muy cuerudo para ella. Quizá en otra vida nazcan más iguales y se les haga su amor". Seguro hasta le hubiera ido a cantar al Adonis al oído la de *Amor prohibido* de Selena, que tanto le gustaba.

Malcolm, Adonis, mi marido y otro vecino bajaron por el camino con el féretro en hombros. Casi no lo aguantaban. Se iban resbalando por tanta agua que hubo todo el mes que dejó el camino enlodado y a cada rato tenían que bajarlo al suelo y cambiarse de lugar. Los mirones fueron ayudando en el peregrinaje, y las mujeres con sus mantas y sus encajes se acumularon detrás hasta que llegamos al pobre panteón en Tenosique.

"Todo por unas suspensiones", me llegaron a decir cuando me dieron el pésame. También se lo dijeron a la Mari, pero ella no se aguantó y contestó que no eran las suspensiones, sino la pinche vieja irresponsable que le mandó a los perros periodistas.

"Él sabía lo que hacía, Mari, él sabía que lo podían matar", le dije después de que se desgañitó gritándoles a esas pobres gentes. La Mari se me echó a llorar en el hombro.

Vimos cómo bajó la caja mientras el pastor lo despedía. Era el mismo que le quitó a don Leandro lo borracho, que ahora nos elogiaba con su presencia. "Los culpables arderán en el infierno", dijo mirando al cielo, "el hermano Príamo tiene suerte de terminar sus días junto a su amado padre, también defensor del territorio, en el panteón y no en el río". Yo tenía mis dudas. Esos dos no se aguantaban. Ahora tenían el descanso eterno para arreglar sus problemas.

Sin ojos, sin lengua, así lo enterramos, y a saber qué tanto no me dijo mi marido para no hacerme sufrir. Se sabe que estos sicarios luego les quitan a las personas su hombría, sus dedos, sus pies. Hasta las orejas. Estaba dispuesta a vivir con la duda de qué tanto le habrían quitado antes de colgarlo. Lo que me costaba era imaginar cómo hacerle para seguir viva con el corazón tan roto, tan cansado, tan derrotado. Con tan poquita esperanza por este mundo, ya maleado y podrido. Quería ser feliz por mis hijos, nomás para que no me vieran alicaída todo el tiempo, nomas para que ellos tuvieran esperanza, para no arruinarlos. Aunque ganáramos este juicio, aunque las presas no se construyeran, aunque lográramos echar todo patrás, al río me lo iban a matar como a mi hermano. Iba a llegar el día de sacarle a Usuma también los ojos y la lengua. Eso me decía la tripa: "Lo van a matar", y yo nomás pensaba en cómo Príamo se quería ir para no ver al río morirse, y la vida se lo concedió al día siguiente de que se ganó esa batalla. Qué consuelo. Por lo menos se fue borracho, con su victoria en el pecho. Le debía yo a él seguir con el trabajo para evitar que se construyeran las presas, pero lo que quería era ir a matar al Epigmenio yo con mis manos, con mi floripondio, con veneno para ratas, porque quién más le iba a echar sus perros a Príamo. Quién más lo iba a mandar matar, si él era el del negocio. Había chisme entre la gente de que al Epigmenio le daban una corta bastante jugosa por cada año que mantuviera a la localidad apaciguada con el tema de las presas. A saber de dónde habría salido el chisme, pero eso creíamos en la región y para mí, de un día pal otro, se convirtió en credo, una verdad purísima venida del cielo que yo repetía como el padre nuestro. Él lo mandó matar con sus sicarios, que eran puro jovencito drogadicto, bajado del pobre cerro. Nomás terminó el entierro, me fui con mis tijeras a bajar la lona con la cara del Epigmenio de mi jardín, a cortarla y a quemarla, aunque el humo negro y apestoso de los químicos me dejaran ciega y tonta.

Lo bueno que Mendoza sí andaba escondido. No fue a propósito, pero lo llamaron, según me dijo, para un juicio en otra parte del país, y se fue el mero día de las suspensiones. Fue pura suerte. En una de esas también lo fueron a buscar y no lo encontraron, pero gracias a dios ya nunca lo sabremos. Cuando supo de Príamo se puso bastante malo y me dijo que no lo buscara nunca más, y pues así quedamos.

El lunes, después del entierro, mandé a los niños al colegio y mi marido se fue pal aserradero. Me quedé solita, sentada a la mesa en la que le daba sus huevos con frijoles y epazote a mi hermano, viendo nomás el floripondio y las heliconias y llorando y llorando y llorando por la matazón, con las gallinas nomás cacareando alrededor. En el puro aire se sentía que el asunto no estaba concluido, que faltaba algo porque primero tocó que los jueces suspendieran la obra, luego que me mataran a mi hermano, y faltaba otra cosa, porque las cosas vienen de a tres. ¿O habrá sido primero que pusimos las demandas y al final mataron a Príamo? Mi instinto me decía que le faltaba al río su mano.

Tomé camino sin rumbo, como Príamo, cada día después de que los malos ganaron la primera ronda del juicio y llegaron las máquinas a la cuenca. "¡Cómo les costó subir!", decía mi hermano, "como cucarachas, se hicieron camino hasta acá".

Fui a Crisóforo Chinas a ver si el francés se había enterado de que lo habían matado o si ya había agarrado para Palenque con toda la gente del caserío. Quería irme a meter a esa iglesia evangélica que me describió Príamo, a ver si entraba la muchacha chiflando y con su cubeta y su trapeador, a ver si a mí me daba la paz que le dio a él ese día que estuvimos ahí preguntando.

La iglesia estaba cerrada a cal y canto. En Crisóforo no había gente, solo los perros del francés rumiaban la basura que se acumuló junto al muelle. Los abandonó, el desalmado. Me paré ahí en el muelle y me le quedé viendo a Usuma, que corría apacible y amistoso. No sabía de la que se había salvado, o quizá sí y por eso andaba contento. Estaba verde ese día y pensé que hicimos mal en echar a Príamo a la tierra, junto a mi papá, y no al río.

Me le quedé mirando mucho rato, buscando en la corriente una cosa que pudiera yo entender, y solo podía pensar en frases que decía mi hermano, como cuando dijo que los ríos estaban ahí desde hace siempre. Juan de Dios le preguntó: "¿Y desde cuándo es hace siempre, padrino?". Y Príamo se echó a reír: "Pues no sé, chamaco, ¡siempre pues!".

"¿Pero cuándo empezó siempre?".

"Es el momento en el que se formaron los planetas". Juan de Dios dijo que sí, que estaba de acuerdo, y Príamo se sonrió, puso de nuevo las manos detrás de su cabeza y volvió a su narración de cómo los ríos estaban ahí desde hace *siempre*. También dijo una vez que los ríos eran corajudos y violentos y caprichosos. Eso era lo que yo andaba buscando, pero ese día nomás vi mansedumbre. Eso sí, un calor que ya parecía mayo. Y empezaba a juntarse la borrasca, y los colores no estaban normal, y pues se sabe: si el río suena, es porque agua lleva. Pensé que sería el luto, o que de veras la lona del Epigmenio me había corrompido el mirar, pero algo andaba cocinándose y no tardó en dejarse ver.

Se esparce el agua sobre la tierra seca

como en aquellas fiestas patronales
que solicitan mojar la tierra
para iniciar la festividad

es el sábado después
de que amanece un hombre colgado del puente

llueve de lado, de frente, para trás, constante
a través, por dentro

la humedad es como si lloviera dentro
de adentro hacia afuera

fino y tupido, fino y tupido
se hace auspicioso
Tecumbalam, dicen algunos

Crece, crece, crece
es demasiado

los vecinos salen a mirar
protegen a sus niños
es demasiado

truenan los truenos

y por dos nocturnos segundos
de truenos y relámpagos
relámpagos y truenos

la luz deja ver en los cerros
el puro fin del mundo

crece, crece, crece
el caudal crece durante la noche

en estampida, en estampida, en estampida
huye quien puede

el río parece el mar
azules negros
el cielo ni se ve

veloz y abundante
el día y la noche son iguales
violento, abundante, veloz

jala, jala, jala raíces
el agua, la corriente

los árboles resisten
primero en diagonal
"no sucumbas, arbolón"

vertical, diagonal, horizontal, de cabeza
va para dentro

pochote, ceiba, chimón, regata
fino, tupido y violento
árbol guatemalteco

anegadas
garzas
las gentes y las casas
las casas y las gentes y sus cosas

se desprenden meandros
se desgaja el monte
se llena el río de troncos
más y más
de cosas
de cuerpos

los animales como quiera saben
se meten a sus madrigueras

la tormenta se come familias enteras
come, come, come
inunda las milpas

los trinches y las palas
se miran surcando el agua

el agua recoge cubetas
el mundo al revés

jala, jala, jala por el cuello a las grúas
las garzas
se las traga de cabeza
sus cadenas como quetzales al vuelo
Tecumbalam
Yaxchilán
Piedras Negras

se ven sus orugas rodando
rodando, rodando

pidiendo ayuda

ayuda, ayuda, ayuda
piedras mayas
carros
iglesias
animales desorientados

trabes de la construcción
quedan atravesadas de canto a canto

nadie se atreve a llamarle lluvia
a eso que pasa lunes, martes, miércoles, jueves
apenas el viernes baja
para que quien quede vivo
tenga chance de irse lejos

los durmientes se sueltan
los rieles se sueltan
las trabes
caen al río
navegan

queda como una cuna
el puente guango, dicen
o el columpio

el agua arrasa
arrasa, arrasa, arrasa
le cambia la forma al río

pero es pura agua, dicen
el agua es vida
pues depende, te dirán los ribereños.

Acepté la oferta económica que me hizo el despacho y vendí el departamento. Poco después me notificaron una denuncia por violación al secreto profesional. El quejoso era Mariano Silva. No me presenté al juzgado. Me hubiera gustado tener el valor de volver a la selva. Me enteré de que Manuel se fue con Mendoza y que Mercedes y su familia se mudaron a Tuxtla Gutiérrez. No se supo si IBAK se retiró por la tormenta o por la *ráfaga de demandas anticapitalistas*.

"Se retiró y eso es mucho", dijo Mercedes en la única llamada que me ha tomado desde la tormenta.

Octavio se ofendió porque no obtuvo lo que quería. Eso pienso. Él quería mi reconocimiento y yo su cariño. Supongo que le dijo a Sierra que yo había asesorado a Mendoza. ¿Quién más si no? O quizá lo dedujo Mariano o el nene de cachetes carmesí. Tal vez Mariano me conoce mejor de lo que yo supongo o tal vez yo no conozco para nada al nene y no es el tonto que yo quisiera.

No soy tan vieja como para plantearme terminar mis días en algún rincón silencioso del mundo, pero no soy tan joven como para empezar de cero. Nunca me ha gustado la idea del amor romántico, salvo por fantasías con Octavio, y no sé hacer nada más que litigar en tribunales mexicanos. Eso ya no es posible para mí. Quiero no estar y eso es todo.

Me fui a España y me quedé como ilegal, trabajando como asistente en un vivero en Tarifa. Me compré un piso. Me esculcaron las cuentas, porque "los que trabajan en viveros no se compran pisos", dijo el notario.

Me ascendieron a gerente. Ha sido mi único roce con el éxito. En la tienda vendemos toda clase de plantas regionales y alguna que otra exótica, como heliconias y bromelias. Claro que no venden floripondio porque es mortal, y en Europa son cuidadosos con esas cosas. Tenemos una ceiba de buen tamaño en una maceta. Aquí le llaman *Palo Borracho*.

La dueña del vivero me pregunta seguido por mi historia, y yo cuento mentiras. Cree que vengo huyendo. Qué puedo decirle. Le miento con que mi familia necesita el dinero y que los pesos no alcanzan. No me cree, pero mi estatus de ilegal le permite pagarme menos que a un europeo y por eso no insiste.

Quiero volver, pero no sé en qué calidad. Por lo pronto, evito todo lo que me recuerde al río. Camino mucho, miro mucho, guardo silencio. Como poco. Fue la muerte de Príamo lo que me convenció de que no hay lugar para mí en ninguna historia. "No le diga usted así", me dijo Mercedes en la misma llamada, "no se murió, lo asesinaron, y bien que Mendoza le dijo que corríamos peligro si nos aventaba con los periodistas".

Fue el asesinato de Príamo y también el desasosiego de no saber por qué se retiró la empresa. Si la tormenta hizo lo que yo intenté. Si el proyecto dejó de ser viable, estratégico, rentable, o si el río era muy bravo para el proyecto. De qué sirve el derecho. De qué sirvió mi trabajo. Quién manda. Todo se confundió y ya no era posible aclararlo.

"El río se inmoló". Eso dijo Mercedes. Yo quiero pensar que tuve algo que ver y quizá por eso sigo con el río dentro.

Mis pensamientos siempre están en esa selva. Aún me toco con dos dedos el borde del labio superior y revivo la sensación de la vorágine y el cuerpo blando y articulado que me saqué de la cara.

Veo la silueta de Adonis entre la gente en los mercados de Tánger, donde compro las plantas que luego vendemos en Tarifa al doble de precio. Adonis camina a muchos pasos de mí, golpeando con el pedazo de remo que usó de hacha. Le veo los pies heridos y el paso ligero. En las noches, viendo el techo, pienso en Nuria, en Mercedes, en Adonis, en Mendoza. Veo imágenes y ya no sé si son recuerdos o si lo invento. Pienso en ese trayecto entre Tenosique y Jonuta que hicimos Príamo y yo. Entrecierro los ojos y veo su mano por fuera de la ventanilla, dos dedos erguidos, sintiendo el viento o señalando alguna cosa para sí mismo.

He perdido la proporción de todo. Lloro cuando, por accidente, me topo con un periódico o una televisión encendida que habla de monos, de selvas, de ríos, de asesinados, de juicios, de colgados, de decapitados, de desaparecidos, de muertas o de montañas. De desplazados climáticos, de extinciones, de olas de calor, de ríos secos. De México. Son muchos los temas que me quiebran. Antes no lloraba. No sé qué es mejor.

Unas mexicanas se han instalado en un departamento al lado mío. Creo que son hermanas. Esa es mi suerte. Cuando se pelean, pongo música a todo volumen o pego la oreja a la pared. No logro un grado sano de neutralidad. Discuten. Creo que son de Tlaxcala. Hablan de sus problemas con su familia, que tiene muchos, se insultan, se ríen. Una noche, una de ellas llegó borracha, y la otra no le abrió la puerta. Pensé en Nuria y en mí. En todo lo que no hicimos juntas.

Cuando coincido con alguna en el pasillo, bajo la mirada o me hago la ocupada con el teléfono, pero saben que las escucho y las entiendo. Reconocen a México en los gestos, en la forma de pretender.

Mi mamá y Nuria saben poco de mí, pero no protestan. Las cosas entre nosotras no fueron gratas al final. En nuestra última comunicación, mi mamá dijo: "No resultaste ser la vendedora que prometías, traes más problemas que soluciones".

"Te hará bien la distancia", dijo Nuria, en apoyo a mi madre.

"Te hará bien a ti que me vaya", le contesté, y ella no lo negó.

Usuma ganó esta vez. "Sepa la chingada cómo", hubiera dicho Príamo, "pero el caso es que ganó". Pienso en eso y entierro las manos en una maceta. Escarbo con las uñas y meto los brazos hasta los codos. La tierra se siente fresca y me constriñe los brazos. Acerco la cara a la tierra húmeda y digo en voz baja: "Tecumbalam".

Agradecimientos

Le agradezco a Alejandro Legorreta y a la Revista Gatopardo por el apoyo para escribir este libro. A Pedro Cervantes, por compartir su conocimiento del río y la advertencia sobre los riesgos que corre. Al abogado Antonio González, mi amigo y mentor, por la paciencia y el cariño para leer mis manuscritos y orientarme en lo jurídico. A los abogados Alejandra Anchieta, David Linares y Xavier Martínez Esponda, defensores de los derechos humanos y de la tierra, por su tiempo y su consejo. A Guillermo de Christy, defensor de los cenotes en el sureste mexicano, por acercarme a Linares. A Pedro Martínez Esponda, a Marta Reyes Retana y a mi madre, Susana Esponda, por sus lecturas. Gracias a Emilio Chapela, por contagiarme su entusiasmo y el amor por el río Usumacinta.

Esta obra se terminó de imprimir
en el mes de noviembre de 2025,
en los talleres de Diversidad Gráfica S.A. de C.V.
Ciudad de México